# TRÉBOL ORO

MAY 1 6 2007

## Títulos de la colección:

### Serie «Cuentos escogidos»

Crónicas de Media Tarde - *Juan Farias*
Leyendas - *Gustavo Adolfo Bécquer*
Cuentos de hadas para niños I - *H. C. Andersen*
Cuentos de hadas para niños II - *H. C. Andersen*
El príncipe feliz y otros cuentos - *Oscar Wilde*
El escarabajo de oro y otros relatos - *E. Allan Poe*
¡A...
C...
E... fantasma de Canterville y otros relatos - *Oscar Wilde*
Cuentos - *Pedro Antonio Alarcón*
Cuentos de la Selva - *Horacio Quiroga*
La Bella y la Bestia y otros cuentos
- *M.L. de Beaumot y M. D'Alnoy*
Cuentos de antaño - *Charles Perrault*
Cuentos sobrenaturales - *Sir Walter Scott*
Tres cuentos de Francia - *G. Sand, H. de Balzac, A. Dumas*
Cartas desde mi molino - *Alphonse Daudet*

### Serie «Leyendas y cuentos populares»

Basajaun, el señor del bosque - *Seve Calleja*
Cuentos populares de Iberoamérica - *C. Bravo-*
La huella del dragón - *Anónimo*
Cuentos judíos - *Miguel Ángel M*
Cuentos populares británicos - *K. Cros*
El círculo de la choza - *Anó*
Cuentos de vampiros - *Anónimos y*
La noche del Samurai - *Anónimos y*
El Viento del Norte - *Alberto Mari*
Un mago en la Corte - *Juan Miguel Sa*
El Zar Saltán - *Anónimos y colec*

nsitive

# CUENTOS JUDÍOS

*Leyendas y cuentos populares*

# CUENTOS JUDÍOS
## Miguel Ángel Moreno

ilustraciones del autor

© 2005 EDICIONES GAVIOTA, S. L.
Manuel Tovar, 8
28034 MADRID (España)
ISBN: 84-392-1620-3
Depósito legal: LE. 479-2005

*Printed in Spain* - Impreso en España
Editorial Evergráficas, S. L.
Carretera León - La Coruña, km. 5
LEÓN (España)

*Es tu nombre un perfume que se difunde.*
(Cant. 1,3)

*A mi mujer, Joanna.*

# INTRODUCCIÓN

*El libro* Cuentos judíos *tiene veintidós ilustraciones grandes y cuarenta y cuatro pequeñas. Los dibujos pequeños cumplen la función tradicional: sintetizar el texto de la historia, pero las ilustraciones grandes tienen otra misión.*

*Su motivo central es una letra del alfabeto hebreo, uno de los más antiguos del mundo, y los elementos ornamentales representan de manera simbólica una palabra que comienza por esa letra y que elegí para identificarla.*

*Mi intención fue buscar una palabra que tuviera un significado de especial relevancia. Por eso la primera letra,* Alef*, está representada por «Adán», el primer hombre, y la última,* Tav*, por la palabra «fin». Procuré dar la imagen plástica de tres elementos: tierra, agua y aire, así como del mundo vegetal y animal. Realmente predominan elementos terrestres, no olvidemos que «Adán» y «tierra» son en hebreo la misma palabra, y la Tierra es el hogar del hombre.*

*Algunas veces la elección de la palabra vino dictada por motivos plásticos. Por ejemplo, la forma de la letra* Kof *me sugirió dibujarla con las figuras de un cisne y una alcachofa (palabra que empieza con esta letra).*

*En otros casos empleé conscientemente elementos gráficos procedentes de la estética decorativa de los códices medievales.*

7

*Para elegir el estilo plástico de ilustración de este libro me inspiré en el códice de la* Torah *de Maimónides, del año 1295, que se conserva en Budapest. Es la única obra –además de los poemas– del sabio judío que éste escribió en hebreo.*

*Veamos una por una las ilustraciones y sus motivos.*

Primera ilustración: letra ALEF

*La palabra que elegí tiene el doble significado de tierra y hombre. Además es el nombre del primer ser humano, Adán. Por eso representa el concepto del principio. El elemento decorativo que se intercala es un basilisco, uno de los motivos preferidos por los miniaturistas medievales. También es un animal mitológico capaz de matar con la mirada, de esta forma el concepto del comienzo se enlaza con el fin, condición humana después de la expulsión del Paraíso.*

Segunda ilustración: letra BET

*La palabra «bestia» es un homenaje a los animales, la primera compañía del ser humano. A excepción del hombre son las criaturas más perfectas de la creación.*

Tercera ilustración: letra GUIMEL

*El Edén fue el primer hogar del hombre y de las bestias. La misma forma geométrica de la letra recuerda la imagen de una casa, bajo cuyo techo se abrigan aves, mamíferos y peces, y también crecen árboles para darles alimento y cobijo. A la vez este dibujo incluye los tres elementos: aire, tierra y agua.*

Cuarta ilustración: letra DALET

*El maná fue el alimento divino con el que se alimentaron los judíos al atravesar el desierto del Sinaí.*

*En la península del Sinaí abunda un árbol llamado* tarfa *que produce una sustancia resinosa comestible de gusto parecido al de la miel. Por eso están representadas unas gotas de miel encima de unas ramas. Los pájaros que revolotean arriba simbolizan la procedencia divina del alimento.*

Quinta ilustración: letra HÉ

*La palabra es «El Hacedor». De acuerdo con la tradición judía no se puede dibujar a Dios. En mi ilustración lo representé con una corona, debajo de la cual están sus obras: astros, plantas y animales.*

Sexta ilustración: letra VAV

*Me fijé en la palabra «rosa», pero la adorné con dos orugas, jugando con el contraste entre la belleza y la fealdad, la vida y la muerte.*

Séptima ilustración: letra ZAYIN

*El reptil encarna el mal y es la causa de la pérdida del Paraíso. Dibujé una hidra siguiendo la tradición medieval.*

Octava ilustración: letra JET

*El membrillo me trae a la memoria el otoño, y su color dorado anuncia la fiesta del año nuevo judío que se celebra entre septiembre y octubre.*

9

Novena ilustración: letra TET

*El pavo real simboliza la belleza pero también la vanidad.*

Décima ilustración: letra YOD

*Para representar la belleza elegí motivos decorativos abstractos, como sugerencia típicamente plástica de una visión bella.*

Undécima ilustración: letra CAF

*La palabra «estrella» vuelve nuestra mirada hacia el universo, además con ella quise simbolizar el pueblo judío.*

Duodécima ilustración: letra LAMED

*La luna es un motivo celeste igual que la estrella, pertenece al elemento aire que se junta con el otro elemento, agua.*

Decimotercera ilustración: letra MEM

*La palabra elegida es el elemento agua, representada gráficamente por peces, como fuente de vida.*

Decimocuarta ilustración: letra NUN

*El candelabro de los siete brazos está basado en la descripción del libro del Éxodo: cuando Yavé habló a Moisés y le mandó hacer un candelabro de oro con seis brazos y siete lámparas.*

Decimoquinta ilustración: letra SÁMEJ

*Dios se le apareció a Moisés en forma de zarza. Dentro de ella dibujé al león, símbolo de la tribu de Judá.*

Decimosexta ilustración: letra A<small>YIN</small>

*La hoja representa lo transitorio y es símbolo perfecto para esta semivocal.*

Decimoséptima ilustración: letra P<small>EJ</small>

*La mariposa siempre se identifica con lo bello y lo efímero.*

Decimoctava ilustración: letra T<small>ZADE</small>

*La cigarra es similar a la langosta y ésta fue una de las siete plagas con que Dios azotó a Egipto.*

Decimonovena ilustración: letra K<small>OF</small>

*Elegí la palabra «alcachofa» para con la forma de esta planta y la de un cisne construir la letra.*

Vigésima ilustración: letra R<small>ESH</small>

*Dibujé una cepa porque la vid, símbolo de la abundancia, es un elemento primordial de la riqueza de la Tierra Prometida.*

Vigésima primera ilustración: letra S<small>HIN</small>

*Si al principio hemos representado la tierra, la penúltima imagen ha de ser el firmamento. Cuatro pájaros tiran de la gran sábana de los cielos.*

Vigésima segunda ilustración: letra T<small>AV</small>

*La palabra es «fin», y como el fin es a la vez el principio, la imagen representa un manto para cubrir la* Torah.

M<small>IGUEL</small> Á<small>NGEL</small> M<small>ORENO</small>

11

ALEF, primera letra del alfabeto hebreo.
La ilustración está basada
en la palabra *tierra,*
que en hebreo es

# DE ADÁN Y EVA Y EL AVE FÉNIX

*Como de la serpiente,*
*huye del pecado,*
*porque si te acercas, te morderá.*

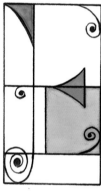

s de todos conocido que Adán y Eva comieron la fruta del árbol prohibido y por eso tuvieron que abandonar el paraíso y sufrir la enfermedad y la muerte. Pero alguien podría preguntar: ¿qué ocurrió con los animales que habitaban el edén? ¿Qué culpa tuvieron ellos para padecer igual que los humanos?

Y es que pocos saben que Eva, después de haber probado la fruta, quiso compartir la experiencia con los demás habitantes del jardín. Y fue dando trocitos de manzana a los animales que vivían allí. De esta forma, los mamíferos, los reptiles, los peces, los insectos y la aves fueron probando lo desconocido. Todos menos uno, el Ave Fénix. Este sabio pájaro no quiso desobedecer a su Creador y se negó a comer la fruta prohibida.

Por eso es el único ser vivo que no muere nunca. Cada mil años se quema en el fuego que surge de él mismo, y renace de nuevo de sus cenizas, eternamente joven.

# DEL CUERVO DE NOÉ

*Un mal mensajero precipita
en la desgracia;
el mensajero fiel es remedio saludable.*

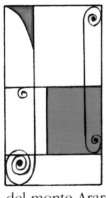

abían pasado ya ciento cincuenta días desde el diluvio, cuando las aguas comenzaron a bajar. Entonces la casa flotante de Noé y los animales se asentó sobre el suelo firme: la cumbre del monte Ararat.

Noé subió a la atalaya de su arca para otear el horizonte y vio cómo emergían los picos de algunas montañas. «Habrá que mandar un mensajero alado para que averigüe cuánto han bajado las aguas», pensó el patriarca, y reunió a todas las aves en la cubierta.

—Amigos, parece que se acerca el fin de nuestra desgracia y os tengo que pedir ayuda. ¿Hay alguien entre vosotros que se atreva a salir? Quiero que mire hasta dónde han bajado las aguas y si podremos encontrar alimento allí fuera.

Los pájaros se quedaron indecisos; llevaban mucho tiempo encerrados en la reducida superficie del arca, sin levantar el vuelo, y no se atrevían a emprender un viaje tan arriesgado. Entre el silencio de todos se alzó la voz del cuervo:

–Yo sí iré –dijo.

El cuervo voló y voló, llegó a las montañas y encontró abundante carroña, su comida preferida. Se olvidó de su misión, de Noé y de los demás animales, y nunca regresó al arca.

Pero Dios no pasó por alto su desobediencia y decidió castigarlo: mandó a los efluvios ponzoñosos que emergían de las aguas que le tiñeran de negro el plumaje y le nublaran la vista.

Noé, por su parte, no tuvo más remedio que reunir de nuevo a las aves y decirles:

–El cuervo no ha regresado y nuestras provisiones de comida se están terminando. Necesitamos desembarcar pronto, y para ello os pido de nuevo vuestra ayuda.

–Iré yo –indicó la paloma, y se alejó volando.

Al atardecer regresaba trayendo en el pico una ramita de olivo verde.

Bᴇᴛ, segunda letra del alfabeto hebreo.
La ilustración está basada en la palabra
*bestia*, que en hebreo es

# DE LOS ÍDOLOS DE BARRO

*Manjares exquisitos*
*puestos en una boca cerrada*
*son las ofrendas a los ídolos.*

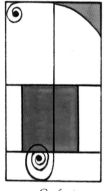

érah fabricaba y vendía ídolos de barro. Una vez tuvo que salir y dejó el taller al cuidado de su hijo Abraham.

Entró un anciano y pidió un ídolo.

—¿Cuántos años tiene? —le preguntó Abraham.

—Noventa y uno —contestó el anciano.

—Entonces, ¿cómo es que puede adorar una figurilla de barro que fue hecha hace tan sólo unas horas?

El anciano se marchó sin llevarse nada. Vinieron otros clientes. A todos Abraham les preguntaba la edad que tenían y cómo podían rendir culto a algo recién fabricado. Y todos se iban con las manos vacías.

Al caer la tarde acudió al taller una viejecita con una bolsa de harina, que puso delante de una de las figuras. Era demasiado pobre para poder comprarla y venía a adorarla al taller. Entonces, Abraham tuvo una idea. Cogió un hacha y rompió en pedazos todas las figuras, dejando sólo la más grande. Luego puso el hacha en manos de ésta y colocó la harina delante de ella.

–¡Qué desastre! –exclamó Térah a su regreso–. ¿Cómo ha ocurrido?

–Los ídolos se pelearon por la comida –explicó Abraham–. Éste, que es el más fuerte, rompió a los más pequeños para quedarse con la bolsa de harina.

–¡Mientes! –dijo Térah–. Lo has hecho tú. Estos ídolos son sólo figuras de barro; no se mueven, no tienen vida.

–Es cierto –replicó Abraham–. Pero en este caso, ¿por qué los adoras sin son simples cacharros?

# DE LA TORRE DE BABEL

*La gloria del mundo*
*acaba en un abrir y cerrar de ojos,*
*y siendo tan frágil*
*no merece ser ambicionada.*

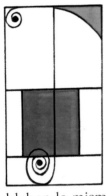

uvieron que pasar muchos años desde el diluvio para que la tierra volviera a poblarse. Cuando eso ocurrió, los hombres siguieron viviendo juntos, en un mismo lugar, y todos hablaban la misma lengua.

No les acechaba ningún peligro y, como aún no eran muy numerosos, había alimento de sobra para todos.

Y se sintieron tan seguros, fuertes e importantes, que quisieron medir sus fuerzas con Dios.

—Vamos a hacer algo grande —decían.

—Sí, no podemos perder el tiempo. Cuando seamos más nos dispersaremos por toda la tierra y ya no nos será posible emprender una gran obra.

—Ahora es el momento.

–De acuerdo. ¿Qué os parece si construimos una torre?

–Fabuloso. Una torre altísima.

–Tan alta que llegue hasta el cielo.

–¡Vamos a demostrar de qué es capaz el hombre!

–Sí, con la torre podremos verle la cara a Dios.

–Será lo mejor que se haya hecho jamás.

–Mucho mejor que las cosas que Él haya creado.

Y, cegados por su soberbia, iniciaron la construcción. No usaban piedras, sino ladrillos cocidos en el fuego, y el trabajo avanzaba con gran rapidez.

Pero Dios no quiso permitir que acabaran la obra que habían comenzado en el orgulloso afán de competir con Él. Y para conseguir que desistieran bastó confundir sus lenguas. De pronto empezaron a hablar idiomas distintos y, como ya no se comprendían, no pudieron seguir trabajando juntos. Tampoco les fue posible convivir y se dispersaron por toda la tierra.

GUIMEL, tercera letra del alfabeto hebreo.
La ilustración está basada
en la palabra el *Edén*,
que en hebreo es

# DE LA MUJER DE LOT

*Teme a Dios durante el día
y duerme por la noche.*

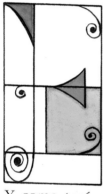

n ningún otro lugar del mundo, al menos en aquellos tiempos, se cometían más maldades que en Sodoma y Gomorra. Tanto era así, que Dios se cansó de soportarlo y decidió destruirlas. Y como tenía en gran estima a Abraham quiso advertirle de ello.

Abraham sintió una gran pena por los habitantes de las ciudades condenadas y se le ocurrió que quizá hubiera una manera de salvarlas.

—Señor —dijo—, si en Sodoma hubiera cincuenta hombres buenos y piadosos, ¿no sería injusto que compartieran el castigo de los malvados? ¿No merecería ser salvada la ciudad por respeto a esos hombres?

—Sí, creo que sí —le contestó Dios—. Si hubiera cincuenta hombres como tú dices no destruiría la ciudad.

–¿Y si no fuesen más que cuarenta y cinco...?
–Abraham intentaba rebajar la cifra.

–Tampoco.

–¿Y si fuesen sólo cuarenta?

–Tampoco.

–¿Y treinta?

–Tampoco.

–¿Y veinte?

–Tampoco.

–¿Y si no hubiera más de diez? –preguntó Abraham dubitativo.

–No te preocupes. Tampoco destruiría la ciudad si hubiera en ella diez hombres justos. Y, de todas formas, estate seguro de que salvaré a tu pariente Lot.

Dos ángeles fueron enviados a Sodoma. Cuando llegaron, Lot estaba sentado a las puertas de la ciudad.

–Por favor, aceptad mi hospitalidad –dijo–. Es peligroso para los forasteros pasear por las calles, sobre todo cuando anochece. Venid conmigo a mi casa.

Los forasteros aceptaron el ofrecimiento. Pero su llegada no pasó inadvertida a los habitantes de Sodoma, quienes rodearon la casa de Lot dando golpes en las puertas, gritando:

–¡Entréganos a los forasteros!

–¡Que salgan los visitantes!

Lot trató, en vano, de calmar a la muchedumbre que se abalanzaba sobre su casa tratando de irrumpir en ella. Gracias que los misteriosos caminantes cerraran la puerta de un golpe y ésta desapareció a los ojos de la multitud.

–Por la mañana tu ciudad será destruida –dijeron los ángeles–. Prepárate, porque cuando amanezca saldrás con los tuyos. Mas recuerda, no debéis mirar hacia atrás.

Cuando Lot, su mujer y sus hijas se encontraban ya a una buena distancia, fuego y azufre cayeron del cielo sobre las ciudades condenadas. Entonces, la mujer de Lot no pudo reprimir la curiosidad y volvió la vista hacia atrás. ¡Nunca lo hubiera hecho! Quedó petrificada, convertida en una estatua de sal.

# DE LA SALVACIÓN DE MOISÉS

*Será como árbol plantado a la vera*
*del arroyo,*
*que a su tiempo da su fruto,*
*y cuyas hojas no se marchitan.*

¡Qué niño tan guapo! ¡Qué alegría! –exclamaba Miriam, y levantaba en brazos a su hermano recién nacido.

–No olvides que el faraón ha ordenado la muerte de todos los niños varones de nuestro pueblo –le recordó Aarón, su hermano mayor–. Tendremos que esconderlo para que nadie sepa que en esta casa ha nacido un chico.

Pero no era nada fácil ocultar un bebé en una casita de una barriada. Los primeros tres meses el pequeñín pasaba de unos brazos a otros para que no llorase.

Mas cuando se hizo mayor y más fuerte, no se callaba tan fácilmente y no le gustaba estarse quieto.

–Hay que pensar en algo –dijo Miriam–. Tarde o temprano sus gritos alertarán a alguien.

–¿Y por qué no le ocultamos en el Nilo? –indicó Aarón.

–¿En el Nilo? ¡Estás loco! Se va a ahogar.

–No. Le haremos un barquito-cuna y lo amarraremos a los juncos. Allí, cerca del palacio, en el agua, estará seguro. Por la noche lo llevaremos a casa para comer.

–Sí, quizá podría resultar –admitió Miriam.

En ese momento el pequeñín se puso a llorar tan fuerte que precipitó la decisión.

–Adelante –dijeron los dos hermanos, y se pusieron a preparar el barquito.

Desde este mismo día el niño fue instalado en su nueva casa.

Parecía contento en el agua, que le mecía suavemente, y arrullado por el canto de los pájaros.

En aquel tiempo la hija del faraón había tomado la costumbre de ir todos los días a bañarse en el Nilo.

Acudía con sus doncellas; chapoteaban en el agua, cantaban y jugaban. Y un día, mientras hacían carreras por la orilla, la princesa se acercó al lugar donde estaba escondido el niño.

–¿Qué es esto? –preguntó–. Mirad, parece un barco de juguete.

–¡Hay un niño dentro! –exclamó una de sus doncellas.

–¡Un niño! ¡A ver! ¡Enséñamelo! ¡Pero qué guapo! –la princesa miraba al niño embelesada.

–Parece hebreo –dijo una de sus acompañantes–. El faraón ha ordenado matarlos.

—¡A éste, no! Pediré a mi padre que me lo deje. Lo criaré como si fuera mi hijo. Y lo llamaré Moisés, que quiere decir «salvado de las aguas».

D<small>ALET</small>, cuarta letra del alfabeto hebreo.
La ilustración está basada en la palabra *maná*,
que en hebreo es

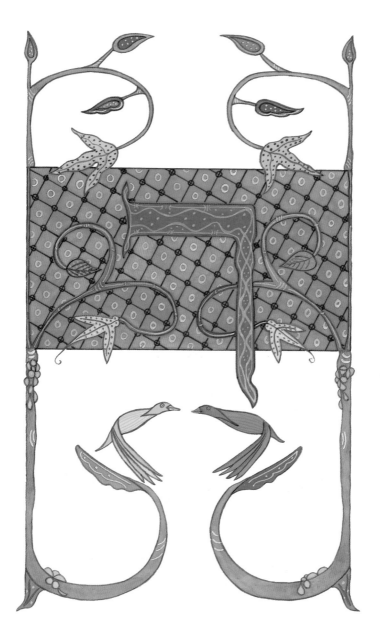

# DEL AMOR DE JACOB

*Donde no hay valla*
*es depredada la hacienda,*
*y donde no hay mujer*
*anda el hombre gimiendo y errante.*

uando Jacob, hijo de Isaac, vio a Raquel, hija de su tío Labán, supo que la querría siempre. Esto ocurrió junto al pozo donde abrevaban los animales del pueblo de Labán. Entonces Jacob habló con su tío:

–Trabajaré para ti siete años si, a cambio, me concedes la mano de Raquel.

–Conforme –dijo Labán al ver la fuerza de su futuro yerno. «Será buen trabajador y me saldrá barato», pensó.

Y no se equivocaba. Jacob no sólo era fuerte y entregado a su labor. Poseía además un don especial para cuidar el ganado: los animales que tenía a su cargo se multiplicaban con más rapidez que otros. Año tras año aumentaba la riqueza de Labán. También crecía su codicia. Pero el último día del plazo se acercaba.

«Si le entrego a Raquel, Jacob se marchará y entonces, ¿quién sabe cómo lo soportarán mis animales? Si se quedara algún tiempo más, otros siete años...», Labán hacía sus cuentas.

–Mira, hijo –le dijo por fin a Jacob–. Cuando hace siete años me pediste la mano de Raquel se me olvidó decirte que no podía casarla antes que a su hermana Lea. Ahora te puedo dar a Lea y, si quieres también a Raquel, tendrás que trabajar para mí otros siete años.

«Menudo lince está hecho –pensó Jacob–. Menos mal que sólo tiene dos hijas, que si no, me veo trabajando para él toda la vida.»

–De acuerdo –repuso–. Trabajaré para ti otros siete años.

Y Jacob se quedó. En total, conseguir a Raquel le costó catorce años de esfuerzo. Tan grande era su amor.

# DE LOS SUEÑOS DE JOSÉ

*Toda sabiduría viene del Señor,
y de su boca derrama
ciencia e inteligencia.*

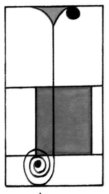

osé no les caía nada bien a sus hermanos. No sólo porque era el preferido de su padre. También estaba lo de los sueños.

–He soñado que estábamos en el campo atando las gavillas –decía– y de pronto la mía se levantó mientras las vuestras se inclinaban ante ella.

Y al otro día volvía con lo mismo.

–He soñado que el sol, la luna y las estrellas me rendían homenaje. Esto quiere decir que reinaré sobre vosotros.

¡Aquello era demasiado! Por eso los hermanos de José, en cuanto se les presentó la primera ocasión, decidieron quitárselo de encima. Y lo vendieron como esclavo.

De esta forma, José llegó a Egipto.

No tardó en ganarse la confianza de Putifar,

un influyente personaje de la corte que lo había comprado. Pero una vez más la fatalidad se cruzó en su destino: la esposa de su amo se enamoró de él y, ofendida porque José no le hacía caso, lo denunció y consiguió que lo encarcelaran.

En aquellos tiempos la cárcel del faraón estaba llena de cortesanos caídos en desgracia. Entre ellos el copero y el panadero reales.

–He tenido un sueño muy extraño –dijo el copero una mañana–. He visto una vid con tres sarmientos. Aquélla floreció y dio frutos. Yo cogí los racimos, exprimí las uvas en una copa y entregué ésta al faraón. ¿Alguien sabe qué significa este sueño?

–Sí, está muy claro –respondió José–. Dentro de tres días te liberarán y volverás a tu antiguo cargo. Acuérdate de mí cuando esto ocurra.

–Si has acertado, no te olvidaré nunca –observó el copero.

–Yo también he tenido un sueño raro esta noche –comentó el panadero–. A ver si lo sabes interpretar. Me he visto a mí mismo llevando en la cabeza tres canastillos de dulces para el faraón. De pronto se me acercaron unos pájaros y se los comieron todos.

–Es muy mal presagio. Dentro de tres días te cortarán la cabeza.

Los sueños se cumplieron, no así la promesa del copero, quien, una vez libre, olvidó a su compañero de infortunio.

Pasó un tiempo. Una noche el faraón tuvo un sueño extraño que lo inquietó sobremanera.

Consultó a todos los astrólogos de la corte, pero nadie supo explicarlo. Entonces, el copero recordó algo.

–Majestad, mientras estuve en la cárcel conocí a un judío que interpretaba los sueños.

–Traedlo aquí inmediatamente –ordenó el faraón.

Y José fue sacado de la prisión y presentado ante el trono.

–Dime, ¿sabes qué he soñado y qué significado tiene?

José se quedó pensativo y al cabo de un rato dijo:

–Su majestad ha visto siete vacas gordas y lustrosas que eran engullidas por siete vacas flacas y hambrientas. También ha soñado siete espigas rebosantes de trigo, que eran devoradas por siete espigas vacías.

–¡Es asombroso! ¡Es verdad! ¡He soñado esto exactamente! –exclamó el faraón–. Dime, ¿qué quiere decir?

–Este sueño es un aviso, majestad. A su país le esperan siete años de abundancia, de magníficas cosechas. Pero tras estos siete años de bienestar vendrán otros siete de hambre. Mediante el sueño Dios le previene para que pueda afrontar los años malos.

–¿De qué manera?

–Nombrando un hombre sabio que administre la abundancia de bienes y prepare provisiones para los años malos.

–He encontrado a este hombre. Tú serás mi administrador –dijo el faraón.

Así José se convirtió en el personaje más importante de Egipto, y cuando vinieron los años de hambre sus hermanos se prosternaron ante él pidiéndole trigo para su pueblo.

Hé, quinta letra del alfabeto hebreo.
La ilustración está basada en
la palabra *El Hacedor,*
que en hebreo es

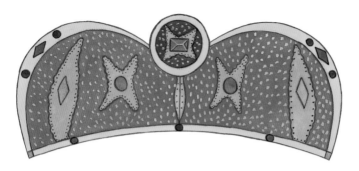

# DEL FARAÓN MALVADO

*Guárdate del rey,*
*que es feroz como el león,*
*pero tiene un ánimo tan débil*
*como el de un niño.*

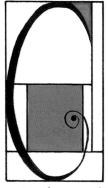uentan que hace miles de años reinó un faraón malvado y cruel que perseguía sin piedad a los judíos. Y éstos rezaban suplicando a Dios la muerte del soberano, confiando en que quien le sucediera aliviaría sus penas.

Por fin, el faraón murió y su hijo subió al trono. Pero el hijo resultó ser mucho más cruel que el padre, y aún más encarnizado enemigo de los judíos.

Un día, este nuevo faraón deseó saber qué pensaban de él los judíos. Mandó llamar a uno, que a causa de sus negocios acudía con frecuencia al palacio, y le preguntó:

—¿Qué opina de mí tu pueblo?

—Deseamos que tu reinado dure muchos años —respondió el judío.

—¿Cómo? —se sorprendió el faraón—. Si soy

muy malo con vosotros... Peor de lo que fue mi padre. ¿Por qué me deseáis que reine mucho tiempo?

—Es sencillo —dijo el judío—. Mientras vivía tu padre rezamos por su muerte confiando en que tú fueses bueno con nosotros. Sin embargo, resultó que eres peor que tu padre. Por eso, y ante el temor de que quien te suceda sea peor que tú, te deseamos larga vida.

# DE POR QUÉ LLORA EL SAUCE

*El que hace el mal, en él caerá,*
*sin que sepa de dónde le viene.*

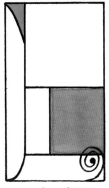 os egipcios fueron amos crueles para sus esclavos los judíos: los capataces del faraón azotaban a los que desfallecían en el trabajo y no concedían reposo a los sufridos obreros. Muchos eran los látigos que gastaban y decidieron ir al bosque para coger ramas con que apalear a los pobres.

Se dirigieron primero a una palmera, que en aquel tiempo tenía ramas desde el suelo.

—¡Lejos de aquí! —dijo el árbol decidido, y elevó sus ramas para que los esbirros egipcios no las pudieran alcanzar—. No quiero servir para el azote del pueblo que adora a Dios, mi creador.

Los capataces vieron un pino que crecía cerca. Se disponían a cortar sus ramas —que, como las de la palmera, empezaban desde abajo– cuando el árbol las levantó protestando:

—¡Fuera! No contéis conmigo para tan vil propósito.

Lo mismo les pasó con el abeto y el cedro. Ya se iban del bosque con la cabeza gacha cuando vieron un sauce.

—Cortad las ramas que queráis —se ofreció éste; y se inclinó para facilitar la labor a los verdugos.

Y sucedió que el mismo día que Moisés conducía a su pueblo camino de la libertad a través del mar Rojo, Dios premió a los árboles que se negaron a azotar a los judíos. La palmera, el pino, el abeto y el cedro vieron elevadas para siempre sus ramas. El sauce, en cambio, se quedó con sus ramas caídas y desde entonces llora avergonzado su mala acción.

VAV, sexta letra del alfabeto hebreo.
La ilustración está basada
en la palabra *rosa*,
que en hebreo es

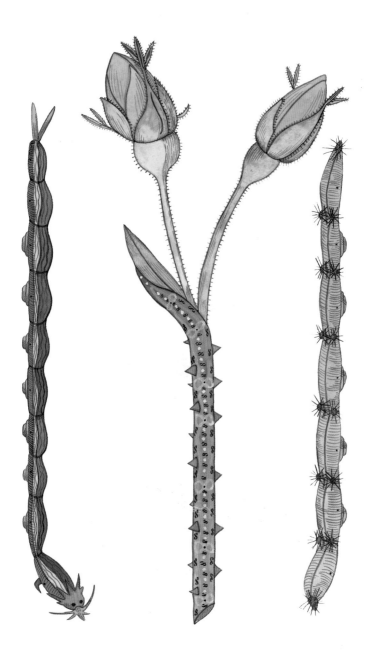

# DEL PLATO DE LENTEJAS

*El hombre debe guardarse de la envidia
de los hermanos
y del poder de los enemigos.*

urante largos años Rebeca e Isaac no tuvieron hijos. Ya casi habían perdido la esperanza de ser padres cuando su deseo se cumplió. Rebeca esperaba un niño. Aunque, a medida que avanzaba su embarazo, parecía que podrían venir más de uno.

—Creo que tendré gemelos y, por la guerra que dan, pienso que no se llevarán nada bien.

Y realmente así fue. Primero nació Esaú, un niño fuerte, cubierto de pelos por todo el cuerpo. El segundo, Jacob, más pequeño y totalmente calvo, que además salía al mundo agarrado del talón de su hermano.

Los padres no tardaron en establecer sus preferencias. Isaac prefería a Esaú: para algo era el primogénito. Además, a medida que crecía, se volvía cada vez más fuerte y demostraba el gusto por quehaceres propios de los hombres valientes: era muy hábil cazador. Rebeca adoraba a su pequeño Jacob. Más guapo que su hermano, más delicado, cariñoso y de talante muy hogareño, demostraba aptitudes para actividades más sublimes: destacaba como cocinero.

Así iban las cosas cuando un día que Esaú volvió de caza agotado y hambriento, notó el apetitoso olor de un guiso con lentejas que acababa de preparar su hermano.

–¡Hola, Jacob! ¡Qué hambre tengo! ¿Me dejas probar tu comida?

–Sólo si me la cambias por tu derecho de primogenitura.

–¿Por qué? Habla claro, que no te entiendo.

–Te daré la comida si a partir de ahora dices que yo nací el primero. ¿De acuerdo?

–Claro que sí. ¿Qué más da nacer un poquito antes? Tú di lo que quieras y, si me preguntan, diré lo mismo. Oye, están riquísimas las lentejas –afirmó Esaú, comiendo con gran apetito.

# Del camino en el mar

*Con tu poder dividiste el mar*
*y rompiste en las aguas*
*las cabezas de los monstruos.*

n su salida precipitada de Egipto, ni Moisés ni sus capitanes se fijaron en el camino que habían tomado. Sí, iba en dirección a Canaán, a la tierra prometida; y además era la ruta más directa. Sólo que, con el ejército del faraón pisándoles los talones, los judíos ni se percataron de que iban en línea recta hacia la orilla del mar.

De todas formas, no tardaron mucho en enterarse. Acalorados por la prisas de la huida se toparon con las olas del mar Rojo.

–¿Qué hacemos ahora?

–No nos queda sino entregarnos.

–Moriremos ahogados.

–Nos matarán.

–¿Y para eso tantos sacrificios? Para volver a ser esclavos de los egipcios mejor nos hubiéramos quedado allí.

—Bueno, ¿tú nos metiste en esto? Sácanos ahora —increpaban a Moisés.

Y éste lanzó su cayado sobre el mar. Era el bastón que había servido para demostrar que él era el elegido, y el que desató las plagas sobre Egipto. Ahora, en el momento mismo en que la madera del palo tocaba el mar, se levantó un viento fortísimo y la enorme masa de agua se dividió en dos. Un camino ancho y seco se abrió entre las olas.

—Vamos —dijo Moisés, y emprendió la travesía con el brazo levantado.

Cuando todos los judíos alcanzaron la otra orilla, Moisés bajó el brazo y las aguas se cerraron. Muchos soldados que, cegados por la persecución, habían cogido el camino milagroso, perecieron bajo las olas.

ZAYIN, séptima letra del alfabeto hebreo.
La ilustración está basada
en la palabra *reptil,*
que en hebreo es

# De la burra de Balaam

*Qué repulsiva es la estulticia
en el anciano.*

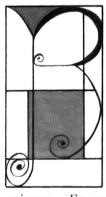alaq, el rey de los moabitas, miraba con recelo a los judíos que, prosiguiendo su avance desde Egipto, se habían asentado frente a sus dominios.

–Mal asunto –dijo a sus consejeros–. Es mucha gente y no tardarán en devastarlo todo alrededor nuestro. Y hasta puede que nos ataquen.

–Tenéis razón, majestad –le contestaron–. Hay que hacer algo para detenerlos. Quizá, ¿enviar las tropas para que los echen?

–No, son demasiados. Además, mientras sigan teniendo la suerte de su parte, será inútil. A no ser que...

–¿Qué, majestad?

–A no ser que la buena racha les abandone. Esto se podría conseguir con la ayuda de algún profeta... Claro, ¡Balaam!

–¿Queréis que le hagamos venir?

–Sí, id a buscarle y decidle que maldiga a los judíos. En cuanto lo haya hecho podremos atacar y les venceremos sin problemas.

Balaam era un hombre prudente: no quería desagradar a su rey, pero, más aún, temía contrariar la voluntad del dios de los judíos. Por eso decidió consultarle antes de actuar.

–No puedo ir con vosotros –contestó a los enviados de Balaq al conocer la voluntad divina.

Pero el rey no renunciaba a su plan.

–Puede que le hayamos ofrecido poco –dijo a los cortesanos–. Decidle que le daré todo lo que me pida. Volved a hablar con él.

Pero Balaam siguió siendo tan cauto como antes.

–No haré nada sin conocer la opinión de Dios.

Sin embargo, esta vez Dios le ordenó que saliese al encuentro de Balaq. El profeta ensilló su burra –en aquellos tiempos las personas importantes utilizaban esta montura– y partió.

No había hecho ni la mitad del camino cuando un ángel, con su espada en la mano, se interpuso en el camino de la burra, que abandonó presurosa la senda por donde transitaban.

–¡Animal desobediente! ¡Vuelve ahora mismo al camino! ¡Yo te enseñaré a comportarte como es debido!

Balaam, que no había visto al ángel, insultaba y pegaba a la pobre asna.

Siguieron su trayecto y el ángel les detuvo

de nuevo. La burra lo esquivó arrimándose a un muro con tan mala fortuna que el pie de Balaam rozó las piedras.

—¡Maldita bestia! ¡Habrase visto animal más terco! —el profeta lanzaba improperios y azotaba a su pobre montura.

Volvieron al camino, y el ángel salió una vez más a cerrarles el paso. Ahora el sendero era tan estrecho que no se podía dar un rodeo y la burra se tumbó en el suelo con el profeta encima.

—¡Es el colmo! ¡Si tuviera una espada te mataría ahora mismo! —exclamó Balaam.

—¿Por qué? ¿No ves al ángel que nos cierra el paso? Ya es la tercera vez en este viaje. Si yo hubiera seguido, él te habría matado con su espada. Me debes la vida —contestó la burra.

Y ahora también Balaam pudo ver al ángel.

—Sigue tu camino —le dijo el enviado celestial—. Pero que esto te sirva de lección. Delante de Balaq bendecirás a los judíos. No lo olvides.

# DE LAS TROMPETAS DE JERICÓ

*Él reúne como en odre*
*las aguas del mar*
*y hace estanques de los abismos.*

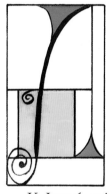la muerte de Moisés, Josué, que había sido uno de sus capitanes, le sucedió al frente del pueblo judío. En aquel tiempo la conquista de la tierra prometida aún no había concluido.

Y Josué miraba el vasto territorio situado en la orilla opuesta del río Jordán pensando en cómo podría dominarlo.

La primera dificultad era cruzar el río, que entonces, en primavera, bajaba muy crecido, llevando una gran masa de agua.

—¿Cómo pasaremos al otro lado? —preguntaban sus oficiales.

—Será mejor esperar el verano —sugerían unos.

—Sí, es mejor no aventurarnos —les apoyaban otros.

—No temáis —les dijo Josué—. Vamos a hacer

lo siguiente: doce sacerdotes portando el arca de la alianza se pondrán al frente del pueblo y todos nos dirigiremos hacia el río. Ya veréis qué ocurre en cuanto los sacerdotes pongan los pies en el agua.

Y sucedió algo milagroso: en el momento preciso en que los sacerdotes entraban en el río, el caudal se detuvo.

Las aguas que bajaban fueron formando un remanso a cierta distancia y un ancho paso quedaba libre, totalmente seco. De esta forma pudieron cruzar todos y, en cuanto lo hicieron, el río juntó sus aguas.

Reconfortados en su fe y con gran confianza en su nuevo jefe, llegaron los judíos a Jericó, la primera gran ciudad que tenían que conquistar.

—¡Es una fortaleza inexpugnable! —exclamó Josué al verla—. Habrá que iniciar un largo asedio y no va a ser nada fácil que se rinda.

—No te preocupes —le dijo una voz—. Te diré lo que vas a hacer y en siete días la ciudad será tuya.

Una vez instruido, Josué reunió a todos sus hombres para darles órdenes:

—Durante siete días saldremos todos a dar una vuelta alrededor de las murallas. Delante irán siete sacerdotes tocando las trompetas. Detrás de ellos será llevada el arca de la alianza e irán todos los hombres del pueblo. Al séptimo día daremos siete vueltas. Y, cuando yo lo diga, todos nos pondremos a gritar.

Hicieron lo que les ordenaba, sorprendidos

de tan extraño modo de guerrear, pero con fe en su jefe.

Y el séptimo día, cuando daban la séptima vuelta y lanzaban gritos, las murallas de Jericó se derrumbaron.

JET, octava letra del alfabeto hebreo.
La ilustración está basada en
la palabra *membrillo,*
que en hebreo es

# De la fuerza de Sansón

*Yunta de bueyes inquietos*
*es la mujer mala;*
*tocarla es como agarrar un escorpión.*

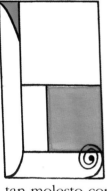 os israelitas vivían en constante conflicto con los filisteos, que les perseguían y esclavizaban. Muchos héroes hebreos pudieron medir sus fuerzas con este enemigo, pero ninguno resultó tan molesto como Sansón.

Sansón vivía justo en la zona fronteriza y era tan fuerte que un día mató con sus propias manos a un león rompiéndole los huesos como si fuera un pollo. Y, además, no entendía nada de política, ni de diplomacia, ni de ir con cuidado.

Un día se le antojó llevarse las joyas de la rica ciudad filistea de Ascalón; fue allí, mató a treinta hombres y robó cuantas riquezas quiso.

Otro día se le ocurrió atrapar trescientos zorros; se tomó la molestia de atarlos cola con cola y cada dos poner una tea encendida. Cuando soltó a los zorros a través de los campos de los filisteos, se quemó todo: el grano, la paja y hasta las malas hierbas.

Los filisteos se cansaron de soportar a Sansón. Atacaron las tierras de Judá y prometieron retirarse si los judíos les entregaban al forzudo.

Sansón se dejó coger por los suyos, pero, cuando lo iban a entregar al enemigo se soltó las cadenas y huyó.

Furioso, se dirigió a la ciudad de Gaza y se llevó sus puertas, que puso en la cima de un monte. Pero a la vez cometió un error: se enamoró de una bella mujer, Dalila.

Los filisteos le ofrecieron a Dalila gran cantidad de dinero si conseguía enterarse de dónde sacaba Sansón su extraordinaria fuerza. Y Dalila conoció el secreto: la fortaleza de Sansón estaba en su pelo, que no le había sido cortado nunca. La mujer esperó a que Sansón se durmiera, le cortó el pelo y avisó a los filisteos que le atacaran.

Esta vez el héroe pudo ser cogido sin ningún problema. Lo encadenaron, le arrancaron los ojos y le condujeron a Gaza, donde trabajó moviendo la rueda del molino de la prisión.

Pasaban los años, el pelo de Sansón crecía y con él regresaba su antigua fuerza.

Un día, cuando se celebraba la fiesta del dios filisteo Dagón, llevaron a Sansón al templo donde estaban ya todos los habitantes de la ciudad. Le encadenaron a una de las columnas que sostenía el edificio para que el pueblo pudiera verle y burlarse de él. Pero Sansón ya no era un pobre y humillado prisionero; su pelo llegaba al suelo y su fuerza podía mover edificios. Y eso fue justamente lo que ocurrió. Sansón arrancó la columna a la que le habían encadenado y con ella se derrumbó todo el templo.

# DEL CASO DEL HUEVO PRESTADO

*Más vale ciencia que riqueza.*

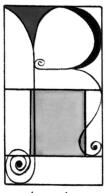einando David sobre los judíos sucedió que un joven paje fue invitado a una cena en el palacio. Sirvieron un plato con huevos duros, y el paje, que estaba hambriento y tenía poca costumbre de asistir a este tipo de actos, se abalanzó sobre su plato y, en un abrir y cerrar de ojos, dio buena cuenta de él.

Al poco rato el joven se percató de que nadie más había empezado siquiera a probar la comida. Avergonzado y turbado, se dirigió a su vecino de mesa y le pidió que le prestase un huevo de su plato.

–Con mucho gusto –dijo éste–. Pero me tiene que prometer que me devolverá el huevo en cuanto se lo pida, con todos los beneficios que hubiera producido en este tiempo.

–De acuerdo –contestó el paje, contento de

salir del apuro y sin reparar en la promesa que hacía.

Pasaron unos años. Un día, el joven paje se encontró en el palacio con el amable comensal.

–¿Se acuerda de mí? –le preguntó el hombre–. Hace unos años le presté un huevo durante una cena.

–¡Ah sí, claro! –contestó el paje–. Ahora mismo iré a las cocinas a devolvérselo.

–Recuerde que me prometió el huevo con todos los beneficios que hubiera dado en este tiempo. Ahora me debe exactamente... Espere –dijo, y se puso a echar cuentas en voz baja–. Ahora me debe... tres mil gallinas, cuatro mil gallos, veinte mil pollos y cien mil huevos.

–¡Recórcholis! –exclamó el paje–. No es posible. ¡Jamás lograré reunir tal cantidad de aves!

–Todo ello lo hubiera producido el huevo en este tiempo. Debe cumplir su promesa.

Como el paje no estaba de acuerdo acudieron al juez, y éste dio la razón al acreedor.

El joven paje iba cabizbajo por las calles de Jerusalén llorando desconsoladamente. Le vio el príncipe Salomón y le preguntó por el motivo de su desesperación. Oída la historia, el príncipe dijo:

–Vete a las tierras lindantes con el camino real con un saco de habas cocidas. Siembra las habas. Por allí pasan los soldados del rey y te preguntarán qué estás haciendo. Contéstales que siembras habas cocidas esperando que den fruto, porque si un juez creyó que podían salir polluelos de un huevo duro, ¿por qué no iban a dar fruto las habas cocidas?

El joven paje hizo lo que el príncipe le había aconsejado y pronto su historia llegó a los oídos del rey, quien no tardó en revocar la sentencia, y el joven tuvo que devolver un solo huevo duro.

Tet, novena letra del alfabeto hebreo.
La ilustración está basada en
la palabra *pavo real,*
que en hebreo es

# DE CÓMO DAVID VENCIÓ A GOLIAT

*¿Quién es el más valiente*
*de todos los hombres?*
*El que teme a Dios con todo su corazón.*

avid era aún casi un niño cuando el profeta Samuel le anunció que sería el rey de los judíos. Pero, a pesar de conocer la noticia, nada cambió en su vida diaria. Seguía llevando el ganado a pastar y tenía envidia de sus hermanos mayores, que partieron para el campamento del rey Saúl, que luchaba contra los filisteos.

Un día el padre de David le mandó que se acercara al campamento a llevarles panes y trigo tostado a sus hermanos. Y allí David vio por primera vez a Goliat, un gigante que medía casi tres metros de altura y que día tras día desafiaba a los guerreros de Saúl.

El joven no se lo pensó dos veces; se fue directo al rey y le pidió que le dejara luchar con el gigante.

—Pero si eres casi un niño —objetó Saúl—. No

puedo enviar a los chicos a luchar contra los gigantes. Goliat te mataría en menos que canta un gallo.

David insistió e insistió y por fin Saúl tuvo que ceder.

–De acuerdo. Si te obstinas puedes ir. Pero al menos ponte mi armadura. Te protegerá de los golpes.

La armadura de Saúl le venía grande a David. Además, no estaba acostumbrado a llevar tanto peso encima y se caía a cada paso.

–Me iré sin ella –decidió, y se la quitó.

Vestido sólo con pieles, descalzo y con su honda en las manos, David se sentía ágil y capaz de enfrentarse con lo que fuera.

–¡Miradlo! Es un enano –se burlaba Goliat–. ¿Vas a cazar perros con esas piedras? Pues ten cuidado, que te aplastaré como a una pulga.

Pero David no se dejó insultar mucho rato.

Eligió una buena piedra y la lanzó al gigante, el cual cayó muerto en el acto.

# DEL JUICIO DE SALOMÓN

*Evita la mentira,*
*que es más dulce*
*que la carne de las aves.*

 l caso más famoso de cuantos juzgó el rey Salomón fue el de un niño que se disputaban dos mujeres.

Ocurrió que dos vecinas dieron a luz por la misma época y el hijo de una de ellas murió. Entonces, las dos se presentaron ante el rey y una dijo:

—Majestad, el hijo de mi vecina falleció una noche, y ella, aprovechando que yo dormía, se llevó a mi niño y me dejó en la cama el cuerpo del suyo. Dígale que me devuelva a mi hijo.

—¡Mentirosa! —exclamó la otra mujer—. Éste es mi hijo y no te lo daré nunca.

Salomón se quedó pensando. Por fin dijo:

—¡Soldados! Coged al niño y partidlo por la mitad. Así quedarán satisfechas las dos y se hará justicia, puesto que no sabemos cuál dice la verdad.

–Bueno –habló una mujer–. Es mejor así; prefiero que el niño muera a que lo tenga ella.

–¡No, señor! –suplicó la otra, estallando en sollozos–. Entregazle a ella el niño y que siga vivo.

–Ésta es la verdadera madre –sentenció entonces el rey–. Sólo una madre prefiere renunciar al cariño de su hijo a que éste sufra daño.

YOD, décima letra del alfabeto hebreo.
La ilustración está basada en
la palabra *belleza*,
que en hebreo es

# DEL PODER DE LA LENGUA

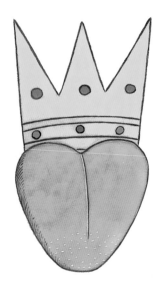

*La muerte del hombre está
en el tropezón de su lengua
más que en el de su pie,
porque el desliz de su lengua
puede costarle la cabeza,
pero el de su pie pronto se cura.*

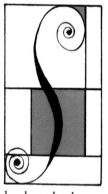ucedió que el rey de Persia cayó enfermo y los médicos de su corte no acertaban a sanarle. Por fin, tras muchos intentos fallidos y varias consultas, decidieron que sólo la leche de leona podría curar a su monarca. Y el único medio de conseguir este inusual remedio era pedírselo al rey Salomón.

El emisario persa partió de viaje y, al cabo de pocos días, regresaba trayendo la leche de leona. Era de noche cuando llegó al palacio, y el médico real dormía haciendo guardia en la antecámara.

Mientras dormía, el médico soñaba que distintas partes del cuerpo debatían acerca de cuál era la más importante.

–No cabe duda de que nosotras somos las más importantes –decían las piernas–. Sólo gracias a nosotras pudo ir el mensajero a la corte del rey Salomón a pedirle el remedio.

–Ya –les interrumpieron los ojos–. Si no fuese por nosotros no hubiera llegado nunca, no habría podido encontrar el camino.

–¡Qué tontos sois! –exclamó el corazón–. Nadie puede vivir sin mí. Yo soy el más importante.

–Escuchadme –dijo la lengua–. ¿Y no habéis pensado que, de no ser por mí, el rey Salomón no se hubiese enterado de que nuestro monarca necesita leche de leona? Yo soy la más importante. Gracias a mí el hombre puede transmitir a los demás lo que piensa.

–¿Cómo te atreves siquiera a compararte con nosotros? –protestaron los demás–. No eres nadie. Vives en una cueva oscura y húmeda que da asco.

–Esta misma noche tendréis una prueba de mi importancia –contestó la lengua.

Y entonces, el médico despertó. Delante de él estaba el mensajero con el remedio. El médico cogió la jarra de leche y fue al dormitorio del rey.

–¡Majestad! –dijo, y el monarca levantó la cabeza de las almohadas–. Le traigo la leche de perra que estaba esperando.

–¡Guardias! ¡Apresadle! –exclamó el rey al oírlo–. Aún se atreve a bromear sobre mi desgracia.

Y el médico fue llevado a la cárcel. Allí le pareció oír cómo la lengua les decía a las demás partes del cuerpo:

—¿Habéis visto? Yo mando sobre todas vosotras. Yo os he metido aquí y sólo yo os puedo sacar.

El médico no pudo menos que darle la razón. Pidió que le llevasen ante el rey y le explicó su error. Fue perdonado, y el monarca sanó después de beber la leche de leona.

# De Tobías y el pez milagroso

**Si pones en manos de Dios
todos tus asuntos,
alcanzarás el camino
de la verdadera felicidad.**

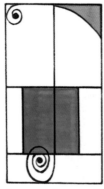

obit era un judío piadoso que vivía feliz en su casa de Samaria. Tenía una mujer de nombre Ana y un hijo a quien llamó Tobías. Pero ocurrió que su tierra fue conquistada por los asirios y él y los suyos deportados a Nínive. Tobit perdió las riquezas, aunque no su fe, y seguía haciendo buenas obras aun con el riesgo de su vida.

Una noche Tobit se durmió, con los ojos abiertos, en el patio de su casa: acababa de encontrar el cuerpo de un pariente, otro de tantos, asesinado por los invasores. Y mientras dormía, los excrementos de un pájaro le cayeron en el iris y Tobit perdió la vista.

Ragüel, el primo de Tobit, que vivía en Media, tenía una única hija, de nombre Sara. Ésta había sido dada en matrimonio a siete hombres distintos y a los siete los mató al quedarse a solas con ellos. El demonio se había apoderado de ella y la obligaba a estrangularlos.

Los dos, Sara y Tobit, rezaban a Dios, pidiendo que aliviara sus penas. Y Dios escuchó su oración: envió a la tierra al ángel Rafael.

En su desgracia Tobit creía que su muerte estaba cercana y, preocupado por el futuro de su familia, recordó que Gabael de Media le debía diez talentos. Mandó llamar a Tobías:

–Hijo mío –le dijo–. Quiero que vayas a casa de Gabael y le pidas el dinero que me debe.

–¿Cómo conoceré a Gabael si no lo he visto nunca? –protestó Tobías–. Además, no sé cómo se va a Ecbátana de Media.

–Busca un hombre que te acompañe. Yo le pagaré por cada día de viaje y le daré una recompensa cuando volváis con el dinero.

Tobías salió preocupado de su casa. ¿Dónde encontraría a la persona adecuada que fuera con él? Y se topó con el ángel Rafael, que había tomado la apariencia humana.

–Iré contigo –se ofreció Rafael–. Conozco muy bien a Gabael, estuve trabajando una temporada cuidando sus rebaños.

Tobías decidió contratarle y emprendieron el camino. Llegaron a la orilla del Tigris y el muchacho deseó bañarse.

–¡Socorro! ¡Qué pez tan grande! ¡Me quiere devorar! –se puso a gritar a poco de meterse en el agua.

–Tranquilo, no tengas miedo. Cógelo y sácalo a la orilla.

Tobías hizo lo que le decía el ángel.

–Descuartízalo –dijo Rafael–. Y ten mucho cuidado en separar el corazón, el hígado y la hiel. Te harán mucha falta.

–¿Para qué? –preguntó Tobías.

–El corazón y el hígado sirven para expulsar los demonios. Y la hiel quita las cataratas de los ojos.

«¡Qué bien! Mi padre volverá a ver», se alegró el muchacho, pero no dijo nada.

Después de comer y de descansar un rato emprendieron de nuevo el camino. Al anochecer del segundo día llegaban a Ecbátana de Media.

–Aquí vive Ragüel, el primo de tu padre –anunció Rafael, señalando una casa–. Le pediremos cobijo por esta noche.

–He oído decir –comentó Tobías– que tiene una hija que ha matado ya a siete maridos. ¡Qué horror! Me da miedo hasta pensarlo. Mejor vámonos a otro sitio.

–Sí, es verdad. Tiene una hija muy bella que se llama Sara y, por razones de parentesco y para que los bienes de Ragüel no pasen a otra tribu, te corresponde a ti casarte con ella.

–¿Qué dices? ¡Estás loco! Soy muy joven todavía, joven para casarme y joven para que me maten.

–No temas, Tobías. Te casarás con Sara y la curarás. Esta misma noche, después de la cena, pediré que te den su mano. Acuérdate del pez que pescaste en el Tigris.

Cuando estés a solas con Sara echa el corazón y el hígado del pez al fuego. Ya verás lo que pasa más tarde.

Entraron en casa de Ragüel; el ángel, sereno y contento; el muchacho, tembloroso y triste.

–¡Bienvenidos, forasteros! –les saludó Ragüel, fiel a las leyes de la hospitalidad–. Pero, ¡no puede ser! ¡Cómo se parece este joven a mi primo Tobit!

–Soy su hijo –dijo Tobías.

Se sentaron todos a cenar y, a punto de concluir, Rafael pidió la mano de Sara para su joven amo. Ragüel y su mujer se miraron consternados. Temían por la vida de Tobías, pero no pudieron negarse.

El chico subió a la habitación de Sara con el corazón encogido. Sin mirar siquiera a la novia, sacó de un pañuelo el corazón y el hígado del pez y los tiró a un brasero encendido que calentaba la estancia. Al olor del humo, el mal abandonó el cuerpo de Sara.

Muy grande y muy grata fue la sorpresa de los suegros al ver, a la mañana siguiente, que Tobías seguía con vida. Ragüel le pidió que se quedara un tiempo en su casa, y el chico accedió. Fue Rafael el encargado de ir, mientras tanto, a recoger los diez talentos que habían sido el motivo del viaje. Una vez solucionado este asunto, Tobías deseó emprender el camino de regreso. Sus padres estarían muy preocupados por su tardanza; además, ¡había tantas nuevas que compartir! Ragüel regaló a su yerno la mitad de cuanto poseía, y Tobías llevaba consigo oro, siervos y ganado.

Ana echaba mucho de menos a su hijo y salía todas las tardes al camino para ver si lo veía regresar.

—¡Es Tobías! ¡Ya viene! —exclamó un día.

Tobit salió de casa precipitado y tropezó en el umbral. Pero Tobías ya corría para levantarle, abrazarle y aplicarle la hiel del pez sobre los ojos ciegos.

De esta forma, gracias a la intervención del ángel Rafael, de Tobías y de un pez muy especial, fueron escuchadas las oraciones de Tobit y de Sara.

CAF, decimoprimera letra del alfabeto
hebreo.
La ilustración está basada
en la palabra *estrella*,
que en hebreo es

# DE JONÁS, EL DE LA BALLENA

*La obediencia consiste en observar
lo ordenado
y abstenerse de lo prohibido.*

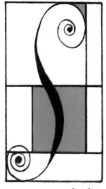 e podría decir que, a veces, Dios elegía a sus colaboradores sin tomar muy en cuenta sus facultades. Esto ocurrió con Jonás, quien, tras recibir el encargo de ir a Nínive a amonestar a sus habitantes por la mala conducta que llevaban, trató por todos los medios de escabullirse.

Jonás vivía en Palestina y el camino hacia Nínive era largo y se hallaba lleno de peligros. Además, el trabajo en sí era muy arriesgado. Los habitantes de Nínive –que por lo visto, se habían olvidado de Dios– seguramente harían poco caso a su profeta y hasta podrían tomárselas con él, molestos por su intromisión.

No, decididamente Jonás no estaba dispuesto a correr tantos riesgos. Y, como tampoco podía quedarse tranquilo en su casa como si Dios no le hubiera mandado nada, decidió salir de viaje. Iría a Tarsis; era el lugar más lejano de cuantos se conocían entonces y allí estaría seguro. Dios no lo molestaría más con sus peligrosos encargos.

Jonás se dirigió al puerto y tuvo suerte: un barco con destino a Tarsis estaba a punto de zarpar. El profeta desobediente subió a bordo, pagó su pasaje y se preparó para disfrutar de una cómoda travesía. Pero su tranquilidad no duró mucho.

Cuando estaban en pleno mar, a varias jornadas de la costa, se desató una gran tempestad. Jonás se escondió en la bodega del barco, se tapó con todas las mantas que encontró por allí y se echó a dormir esperando a que amainara el temporal. Pero éste no hacía más que aumentar.

El capitán mandó aligerar el peso y se tiraron al agua todas las mercancías que transportaba el barco. Ahora la nave se balanceaba por la superficie como si fuera una cáscara de nuez.

Los marineros perdieron los nervios y empezaron a buscar al culpable de su desgracia. Pronto encontraron a Jonás, profundamente dormido en la bodega.

–¿Quién eres? ¿Qué has hecho? ¿No serás, por casualidad, el causante de nuestros males? –le increparon.

Y Jonás, frente a la furia de los tripulantes, no tuvo más remedio que reconocer su culpa.

–Tiradme al mar –dijo–. En cuanto lo hagáis volverá la calma.

Y así ocurrió. Cuando arrojaron a Jonás al agua salió el sol y el viento amainó.

El profeta se quedó flotando en el mar. De pronto un ser enorme se le acercó y le tragó. Era una ballena. Tres días pasó Jonás en el vientre del animal. Por fin la ballena le vomitó frente a las costas de Palestina.

«¡Qué bien! Podré irme a casa a descansar de tantos sobresaltos», pensó el profeta.

–Jonás, ¿por qué persistes en tu desobediencia? –le increpó una voz–. Ve a Nínive a predicar como te había ordenado.

# DE DANIEL Y EL FOSO DE LOS LEONES

*El que teme al Señor,*
*de nada teme y no se desalienta,*
*porque Él es su esperanza.*

uando Darío, rey de los persas, subió al trono de Babilonia, nombró ministro al profeta Daniel, hombre ya muy mayor. La elección de un judío despertó las envidias de los cortesanos, que aguzaron su ingenio pensando en cómo deshacerse del intruso. Y, cómo no, decidieron atacar su fe. Alimentaron con astucia el amor propio del rey y le convencieron, cosa nada difícil, tomando en cuenta lo vanidosos que son los que mandan, que él era un ser divino y que cualquiera que rezara a otro dios merecería ser arrojado al foso de los leones.

Claro está que Daniel, sin preocuparse lo más mínimo por la nueva ley, siguió fiel a su religión.

Los cortesanos se apresuraron a decírselo al rey y le fueron insistiendo:

–Tienes que echarlo a los leones, como dice la ley.

–Si no lo haces, el pueblo se reirá de ti.

–El rey debe cumplir siempre su palabra.

–El castigo a los que no te obedecen tiene que ser ejemplar.

–Me gustaría salvar a Daniel –dijo Darío–, pero tenéis razón. La palabra de un rey ha de ser cumplida. Lo arrojaremos al foso. Yo mismo sellaré la puerta con mi anillo para que nadie pueda sacarlo de allí.

Y así se hizo. Los cortesanos se paseaban orgullosos por el palacio, recreándose en su triunfo. La felicidad brillaba en su sonrisa. Darío, en cambio, estaba triste y preocupado. Pasados unos días llamó a sus consejeros:

–Vamos a abrir el foso –les dijo.

¡Cuál no sería su sorpresa al ver a Daniel sano y salvo con los leones a sus pies!

–Ya que los leones no lo han comido, podemos dejarlo libre –propuso Darío.

–¡Ni hablar! –protestaron los cortesanos–. Fíjate si se llega a saber que quien ha desobedecido al rey ha sido liberado. La gente dejaría de respetarte. Nadie te haría caso. Si quieres conservar el poder, Daniel tiene que seguir encerrado. Tú eliges.

–Cerrad la puerta –dijo Darío.

«Si no se lo han comido los leones, morirá de hambre –pensaban los cortesanos–. Es sólo cuestión de tiempo.»

Y seguramente hubiera sido así si no fuera porque Dios mandó a un ángel a Palestina. El

112

sabio Habacuc se disponía a comer un humeante puchero de sopa:

–Ponte en camino –le ordenó el ángel–. Debes llevar inmediatamente esta sopa a Daniel, que está en Babilonia, en el palacio del rey Darío, encerrado en el foso de los leones.

–¡Ni hablar! –contestó Habacuc–. No conozco a ningún Daniel; Babilonia está lejísimos de aquí y la sopa llegaría fría.

–No discutas –le amonestó el ángel–. Ponte en pie y coge el puchero.

Habacuc obedeció. Se vio transportado por el aire y en un instante llegó a donde estaba Daniel, depositó ante él el puchero y regresó a Palestina.

Al día siguiente, Darío, arrepentido de su mala acción y harto de tener que hacerles siempre caso a sus cortesanos, mandó liberar al profeta.

Daniel salió del foso feliz, sano y salvo.

LAMED, decimosegunda letra del alfabeto
hebreo.
La ilustración está basada
en la palabra *luna*, que en hebreo es

# DEL VALOR DE JUDIT

***Aplasta las cabezas
de los príncipes enemigos, que dicen:
«No hay nadie fuera de nosotros».***

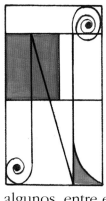abucodonosor, no contento con dominar los pueblos de Oriente, quiso ser reconocido por ellos como su único dios. La mayoría de los súbditos aceptaron de buen grado, pero algunos, entre ellos los judíos, se opusieron.

Holofernes era un valiente soldado y astuto estratega. Nabucodonosor le llamó y le dijo:

–Si no han obedecido por las buenas, haz que obedezcan por la fuerza. Coge todos los soldados que te hagan falta y ponte en marcha.

–A la orden, divina majestad –respondió Holofernes, y partió.

La campaña era un gran éxito, pues las ciudades se rendían sin luchar apenas y el ejército avanzaba confiado. Entraron en la región de Samaria. Ante ellos, en la cima de un monte, se alzaba inexpugnable la ciudad de Betulia.

–Es inútil tratar de escalar –dijeron los oficiales asirios–. Desde lo alto nos matarán sin fallar ni uno.

–Sí, pero tiene que haber algún medio...

–Lo hay, señor. ¿Ve esa fuente al pie del monte? De ella se abastece la ciudad.

–Muy bien. Nos apoderaremos de la fuente y prepararemos el asedio. Con este calor no tardarán en rendirse.

Treinta y cuatro días duraba ya el sitio. Treinta y cuatro días calurosos, soleados, sin una nube en el cielo.

–Se han acabado las reservas de agua. Nuestros hijos se mueren de sed –dijeron las mujeres al consejo de ancianos que gobernaban la ciudad.

–Es mejor la esclavitud que la muerte tan horrible. Hay que rendirse –profirieron los hombres.

–Esperemos cinco días más. Sólo cinco días. Rezaremos para que Dios nos mande la lluvia –pidieron los ancianos.

Judit era una viuda joven, bella, rica y muy piadosa. «No podemos rendirnos –pensó–. Hay que hacer algo.»

–Dejadme salir de la ciudad –dijo a los ancianos–. Y antes de que se cumpla el plazo os traeré la salvación.

–Ve y que Dios te acompañe.

Judit se puso sus mejores ropas y sus joyas más bellas. Cogió un cesto con vino y comida y salió de Betulia. Al pie del monte la abordaron los soldados asirios.

–¿Dónde vas? ¿Cuándo os pensáis rendir? ¿Huyes de la ciudad?

–Deseo ver a vuestro jefe. Mi dios me reveló que debo ayudaros.

Los soldados la condujeron ante Holofernes.

–Esta mujer viene de la ciudad y dice que su dios le ordenó ayudarnos.

«¡Qué bonita es!», pensó Holofernes, y preguntó:

–Dime, ¿qué quieres?

–Quiero ayudaros. Mi dios me dijo que me revelaría la entrada secreta a la ciudad y, cuando la conozca, os diré dónde está. Ahora ya no puedo volver a Betulia. Me matarían. ¿Puedo quedarme aquí?

–Sí, claro. Quédate con nosotros y que tu dios nos ampare.

Y Judit se quedó.

Tres días pasó en el campamento. Y todos los días salía al campo para comer su comida y hacer sus oraciones.

–Porque sólo si obedezco sus leyes mi dios me revelará la entrada secreta a la ciudad –decía.

Al cuarto día Holofernes insistió en que cenara con él en su tienda.

–De acuerdo –comentó Judit–. Pero me llevaré mi comida y mi vino. Quiero que pruebes nuestro vino.

Holofernes probó el vino y le gustó. Y siguió probando. Y siguió. Hasta que cayó sin sentido, borracho. Entonces, Judit le cortó la cabeza. La guardó en su cesta y salió de la tienda.

—El jefe duerme. No le despertéis —anunció a la guardia.

Salió al campo, subió al monte y regresó a Betulia.

# De las vasijas de aceite

*Jamás desdeña la súplica*
*del huérfano ni de la viuda*
*si ante Él derraman su quejas.*

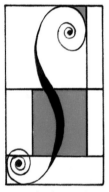ucedió una vez que murió un hombre justo y piadoso dejando a su mujer en gran miseria. El matrimonio tenía hijos pequeños y, como no había ningún pariente dispuesto a ayudarlos, la viuda fue pidiendo dinero prestado para sobrevivir.

Pasaba el tiempo, sus deudas crecían y no llegaban ingresos por ninguna parte. Los acreedores, hartos de esperar, decidieron tomar a los hijos como esclavos en pago de lo debido (por aquel entonces eso se podía hacer, aunque no era muy corriente).

La madre, desesperada y llena de angustia, fue a buscar al profeta Eliseo, famoso por sus milagros.

–Sólo tú puedes ayudarme; no dejes que mis hijos sean vendidos como esclavos.

–No te preocupes, mujer. Dime, ¿qué cosas de valor tienes en casa?

–¿De valor? ¡Ojalá tuviera yo algo de valor! Entonces no te estaría pidiendo un milagro.

–Bueno, no te pongas así; pero ¿tendrás algo? ¿Unas monedas, trigo, sal, aceite?

–Sí, aceite sí. Tengo una vasija con algo de aceite.

–¿Lo ves? Perfecto. Con esto tenemos suficiente. Ahora tienes que pedir a los vecinos tantas vasijas vacías como te puedan dar. Cuando las reúnas todas enciérrate en la cocina de tu casa y ve llenando las vasijas vacías con el aceite que tienes.

–¡Pero si este aceite apenas cubre el fondo de la vasija que tengo!

–Mujer, no pierdas la fe. Haz lo que te he dicho.

La viuda reunió gran número de vasijas vacías, se encerró en la cocina de su casa y fue vertiendo el aceite de la vasija que tenía. ¡Cuál fue su sorpresa al ver que éste no menguaba y alcanzaba para llenar un recipiente tras otro! Cuando hubo llenado la última vasija fue al mercado a vender el aceite. Con el dinero que sacó tuvo bastante para saldar sus deudas y vivir con sus hijos hasta que ellos se hicieron mayores y pudieron trabajar.

Mem, decimotercera letra del alfabeto hebreo.
La ilustración está basada
en la palabra *agua*, que en hebreo es

# DE LA REINA ESTER

*Sea devorado el que intenta escapar*
*al fuego de tu cólera*
*y caigan en ruina*
*los que maltratan tu pueblo.*

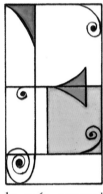l rey Asuero vivía feliz en su palacio, que parecía sacado de un cuento de hadas. Daba espléndidas fiestas, que solían durar siete días y donde no faltaba nada. Al final de una de ellas, la más maravillosa, pensó: «Mis invitados han visto que soy inmensamente rico y poderoso. Tengo los mejores vinos, las copas con piedras preciosas, mis cocineros asan la mejor carne, mis músicos tocan mejor que nadie. Pero quiero deslumbrarles aún más. Mandaré llamar a la reina; así verán que también tengo la mujer más bella del mundo.»

—Que venga la reina inmediatamente —ordenó Asuero.

—Majestad, el rey desea que os presentéis en su fiesta en seguida —dijeron los servidores a la soberana.

–No pienso ir –contestó ella–. Estoy harta de que me traten como si fuera un objeto.

Asuero no estaba acostumbrado a que le contradijeran, menos a que lo hiciera una mujer, y menos aún a que fuera su propia esposa.

–¿Qué hago ahora?

–La desobediencia de la reina debe ser castigada inmediatamente –le contestaron sus consejeros–. No sólo porque se ha opuesto al deseo de su majestad, sino, ante todo, porque no ha escuchado a su marido. Imagínese que las demás mujeres se enteran y siguen el ejemplo de su soberana. ¿Qué sería de nosotros, los hombres? ¿Qué sería del mundo?

–Tenéis razón, mas ¿qué hago?

–Su majestad debe repudiarla y buscar otra esposa.

–Me parece muy bien –dijo el rey–. Mandad llamar a todas las muchachas de mi reino; quiero elegir a la más guapa.

Y la eligió. La más bella resultó Ester, judía, sobrina del sabio y adivino Mardoqueo. Éste había salvado dos veces al rey impidiendo que prosperara el complot contra su vida. Pero la buena acción no le valió ninguna recompensa y sí, en cambio, la enemistad de Amán, el hombre más cercano al rey.

–Ester, no digas al rey ni a nadie de la corte que eres judía ni que eres mi sobrina –pidió Mardoqueo a la futura reina. Y ella obedeció.

Todos los días acudía Mardoqueo al palacio, se ponía en la puerta y miraba. A Amán su sola presencia le resultaba odiosa.

«Estoy harto de ver a este sucio judío acechando en la puerta –pensaba–. Ni siquiera se prosterna cuando entra el rey. ¡Quién se ha creído que es!»

Y Amán decidió actuar.

–Majestad –dijo al rey–. He observado que los judíos no le tratan con el debido respeto. Me han dicho que no aceptan que sea usted un dios porque ellos sólo creen en su único dios. Y por eso su majestad es para ellos un simple reyezuelo y nada más.

–¡¿Yo un reyezuelo?! ¡Yo el grande! ¡Yo el divino Asuero! ¡Esto no se puede tolerar!

–Exacto. Por eso me he permitido preparar una ley de exterminio de toda esta gente. Si le parece bien a su majestad, aquí la tiene, por favor...

–En seguida –repuso Asuero, y firmó el decreto.

Cuando Ester conoció el cruel destino que el rey preparaba para su pueblo, corrió a sus habitaciones desolada. Pasó tres días encerrada, sin comer, rezando y llorando. Al fin tomó una decisión. Se arregló y se puso el vestido que más le favorecía y las joyas más espléndidas. Más bella que nunca fue a ver al rey.

Pero al entrar en la sala del trono recordó el cruel decreto y cayó sin sentido en brazos de las sirvientas.

–¡Ester! ¡Ester!, ¿qué te ocurre? –gritó el rey, que bajó corriendo del trono y se acercó a la reina. ¡Era tan bella y tan frágil!

Ester abrió despacio los ojos.

–Ester, ¿te pasa algo?, ¿deseas algo? Haré cualquier cosa que me pidas –dijo Asuero, que temía perderla.

–Quiero dar una fiesta. Mañana por la noche. Venid con Amán y entonces os diré mi deseo.

Amán se alegró mucho. «La reina me ha invitado a mí. Todo va estupendamente. Aprovecharé para pedirle al rey la cabeza de Mardoqueo. Y para ganar tiempo mandaré que vayan construyendo la horca», pensaba.

Llegó la noche. Asuero no podía dormir recordando la belleza de Ester. Daba vueltas en la cama y quiso leer algo para distraerse. Cogió las crónicas de su reinado. Le gustaba mucho recordar su propia historia, su valentía, su grandeza, su sabiduría, su generosidad. Llegó a las páginas que hablaban del complot contra su vida. En el libro se decía que un tal Mardoqueo le había salvado.

«Mardoqueo, Mardoqueo, ¿quién será?», se preguntaba el rey. Llamó a los criados.

–Decidme. ¿Recordáis a un tal Mardoqueo que me había salvado la vida?

–Sí, majestad.

–Y ¿sabéis si se le dio su recompensa?

–No, majestad.

Por la mañana Amán se presentó ante el rey. Venía feliz, era el día de la fiesta que daba la reina Ester y sería el día de la muerte del odiado Mardoqueo.

–Amán, ¿cómo crees tú que un rey debe mostrar su gratitud al servidor más fiel que tuviera?

130

–Debería regalarle sus ropas, su caballo y su corona –contestó Amán, seguro de que Asuero pensaba en él.

–Bien. Coge las cosas que has dicho y lléva-selas a Mardoqueo.

–¿A quién? ¿A Mardoqueo?

–Sí, a Mardoqueo. Corre. ¿A qué esperas?

Y Amán no tuvo más remedio que obedecer.

Pero aún le esperaban otras sorpresas.

Llegó la noche y la fiesta de la reina.

–Ester, ¿ya sabes qué me vas a pedir? –preguntó el rey.

–Sí. Debes saber que soy judía. Quiero que revoques el decreto de exterminio y dictes una nueva ley que nos proteja y nos favorezca. Además, te pido la cabeza de Amán, enemigo de mi pueblo.

–Me parece perfecto –contestó Asuero–. Creo haber visto una horca preparada en el jardín.

# DEL LADRÓN DEL RAYO DE LUNA

*No des fe a todo consejo que oigas*
*hasta que esté probada su utilidad.*

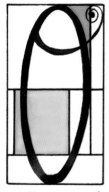currió que un ladrón fue a casa de un hombre rico para robarle. Se subió al tejado e iba a entrar por una ventana abierta cuando se detuvo al oír unas voces.

Era que el dueño de la casa había sentido unos ruidos en el tejado y le decía a su mujer:

—Pregúntame en voz alta de dónde viene el dinero que tengo.

Y ella preguntó:

—Dime, por favor, ¿de dónde viene tu inmensa fortuna?

Él le contestó:

—Es mejor que no lo preguntes y que disfrutes de nuestro dinero.

Pero ella insistió:

—Quiero saberlo, pronto tendremos un hijo y no debe haber secretos entre nosotros.

–De acuerdo –dijo el marido–. Te lo contaré. Mas hubiera sido mejor para ti que no lo supieras. He sido ladrón.

–¿Cómo? –exclamó ella asustada–. ¿Cómo es que has sido ladrón si gozas de tan buena reputación en esta ciudad?

–No he sido un ladrón cualquiera. Yo actuaba protegido por un encantamiento que me había enseñado mi maestro. Gracias a su poder no corría ningún peligro.

–Cuéntame, cuenta, ¿cómo era el encantamiento? –preguntó la mujer.

El ladrón, agazapado en el tejado, no perdía palabra de lo que decía el marido.

–Mira, mujer. Me subía al tejado de la casa que iba a robar y me cogía con la mano a un rayo de luna. Entonces repetía siete veces la fórmula mágica *saulem*. Y ya podía, siempre agarrado del rayo, bajar hasta la ventana y entrar a la casa. Cuando deseaba regresar, cargado de dinero y de objetos valiosos, me asía de nuevo del rayo, repetía siete veces más *saulem* y ya podía subir al tejado.

–¡Qué maravilla! –exclamó la mujer–. Has hecho bien en contármelo; se lo diré todo a nuestro hijo cuando crezca y él también podrá hacerse rico.

–Muy bien, pero ahora déjame dormir –dijo el marido, y se puso a roncar fuertemente.

El ladrón, que no esperaba otra cosa para probar el encantamiento, se cogió del rayo de luna, repitió siete veces *saulem* y se soltó de la cornisa.

134

Con gran estrépito cayó dentro del patio de la casa.

–¿Quién anda ahí? –preguntó el dueño de la casa.

–Un desgraciado ladrón que se ha roto todos los huesos por creer en tus palabras.

N<small>UN</small>, decimocuarta letra del alfabeto hebreo.
La ilustración está basada en
la palabra *candelabro,*
que en hebreo es

# DE LA INTELIGENCIA DE UN NIÑO

*Más vale camino largo al paraíso*
*que corto al infierno.*

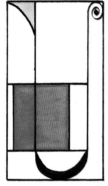

n día un rabino paseaba por las calles de Jerusalén y se encontró con un niño que llevaba una bandeja tapada.

–¿Qué llevas en la bandeja? –preguntó el rabino.

–Si quisiera que lo supieras, no la llevaría tapada –contestó el niño.

Pasado un tiempo sucedió que el rabino salió de viaje y en un cruce de caminos se encontró con otro niño.

–¿Sabes qué camino lleva a la ciudad? –preguntó el rabino.

–El que quieras elegir –le respondió el niño–. El primero es corto y largo, y el segundo, largo y corto.

El rabino no entendió la explicación y eligió el primer camino. En poco tiempo se vio ante las murallas de la ciudad, pero no encontraba las puertas por ninguna parte. Regresó a donde estaba el niño, enfadado:

–¿Por qué me has engañado? He seguido el camino que señalaste que era corto y no he podido entrar en la ciudad.

–No le indiqué que por allí entraría en la ciudad. Le dije que era un camino corto y largo. Y es verdad. Es corto, porque se llega en seguida a las murallas, y largo, porque no conduce a las puertas. Si hubiera elegido el segundo camino, habría tenido que andar más, pero habría llegado derecho a las puertas.

# DE LA NATURALEZA GATUNA DE LOS GATOS

*Del mismo modo que los hijos
se parecen a sus padres
en sus miembros y figura,
así ellos se parecen
en su naturaleza y cualidades.*

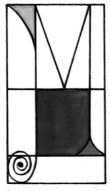aimónides, el sabio rabino, era invitado con frecuencia a la corte del rey de España.

Un día, durante su visita, se inició un curioso debate: se discutía si era o no posible cambiar la naturaleza o la apariencia de los seres vivos. Los sabios cristianos aducían que ello sí se podía conseguir y Maimónides argumentaba que la naturaleza de los seres era inmutable.

El rey, divertido con la disputa, dio un mes de plazo para que cada bando preparase la demostración de su teoría.

Pasado este tiempo, en el palacio se celebró una espléndida reunión, amenizada con una exquisita cena. Pero, en lugar de lacayos, servían la mesa gatos amaestrados y vestidos de uniforme.

–¿Qué le parece esto, rabino? –preguntó un

sabio cristiano a Maimónides–. Fíjese bien en estos gatos. Nos bastó un mes para convertirlos en sirvientes de lo más dóciles y solícitos. ¡Y eso que no son más que gatos! ¡Imagínese qué maravillosos resultados se pueden conseguir con los seres humanos! ¿Qué dice ahora? ¿Es o no es posible cambiar la naturaleza de los seres vivos?

Maimónides no contestó. Los cortesanos empezaban a reír abiertamente viendo su humillación, y entonces... el rabino sacó de entre sus ropas una jaula con ratones. Abrió la jaula y salieron los ratoncitos. Los gatos, olvidando su instrucción, se lanzaron tras ellos, derribando copas y platos, y despojándose de los ridículos uniformes que les molestaban en la carrera.

–Señores, ¿qué opinan ahora? –preguntó Maimónides.

Sámej, decimoquinta letra del alfabeto hebreo.
La ilustración está basada
en la palabra *zarza*,
que en hebreo es

# DEL JOVEN INCRÉDULO

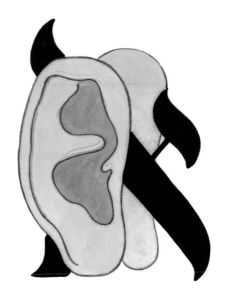

*Hijo mío, procura ser sabio,
aprender y escuchar;
de lo contrario,
podrías malograrte.*

n joven persa deseaba aprender la lengua hebrea. Para ello acudió a casa de un sabio rabino.

Las clases empezaron por la enseñanza del alfabeto:

—Esto es un *alef* —decía el rabino, y dibujaba la letra.

Pero el joven, incrédulo, no estaba conforme.

—¿Y qué garantías tengo de que es realmente un *alef*? ¿Hay algún modo de demostrar que éste es su nombre?

El rabino no le hacía caso y seguía con la clase:

—Esto es una *bet* —señalaba, y dibujaba la letra.

Mas el alumno seguía en sus trece:

—No le puedo creer sin más —decía—. Tendrá que demostrarme que esta letra se llama *bet*.

Entonces, el rabino, harto de tanta incredulidad, cogió a su discípulo de la oreja y la apretó con mucha fuerza.

–¿Qué hace? ¿Se ha vuelto loco? –gritaba el joven–. ¡Deje mi oreja!

–¿Tu oreja? –contestó el rabino–. ¿Cómo puedo saber que esto es realmente una oreja? No te puedo soltar si no me demuestras que lo que tengo cogido es realmente una oreja.

–¡Por favor! ¡No aguanto más! Todo el mundo sabe que eso es una oreja. ¡Suélteme!

–De acuerdo –dijo el rabino, y liberó la oreja del joven–. Ahora ya lo sabes. Lo mismo ocurre con las letras. Todo el mundo conoce su nombre y tú no tienes más que aprendértelo.

# DEL HOMBRE Y LAS ENFERMEDADES

*No hay riqueza como la salud
ni placer mayor que un buen corazón.*

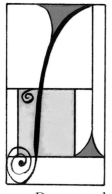kiba fue un sabio rabino, gran conocedor de la medicina. Un día, mientras paseaba por la calle, le detuvo un enfermo.

—Por favor, alíviame de mis dolores —le rogó.

—De acuerdo, pero debes explicarme dónde sientes las molestias —contestó el rabino, que necesitaba conocer los síntomas para poderle curar.

El enfermo explicó detenidamente lo que sentía, y Akiba conoció qué mal le aquejaba. De esta forma pudo recetarle un remedio.

Todo ello ocurría en la calle y un campesino se detuvo para observar la escena. Cuando el enfermo se marchó agradecido, el campesino se dirigió a Akiba diciendo:

—¿Cómo es que tú, hombre de Dios, actúas en contra de su voluntad?

–¿A qué te refieres? –preguntó el rabino.

–Es Dios quien manda las enfermedades al hombre y no debemos oponernos a sus designios.

–¿Qué trabajo desempeñas? –inquirió Akiba.

–Soy labrador.

–¿Quién ha creado la tierra?

–Dios.

–Y tú, ¿qué es lo que haces exactamente?

–Labro la tierra con el arado, siembro el grano, quito las piedras y las malas hierbas.

–Así que tú también te atreves a tocar la obra de Dios. ¿Por qué no dejas la tierra librada a sí misma y esperas a que dé los frutos?

–Pero, rabino, si hiciese esto nunca tendría pan –contestó el campesino, riendo.

–Pues lo mismo ocurre con nuestro cuerpo. Dios nos lo ha dado, pero nosotros debemos cuidarlo y quitarle sus males como tú quitas los cardos y las piedras.

Ayin, decimosexta letra del alfabeto hebreo.
La ilustración está basada
en la palabra *hoja*,
que en hebreo es

# DEL MILAGRO DEL TRIGO

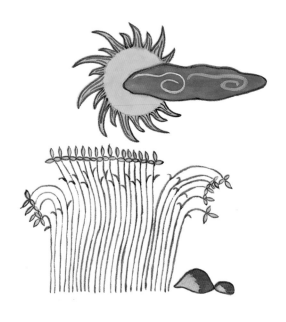

**Honra al inferior a ti
y dale de lo tuyo
en la medida en que quieras
que te honre a ti tu superior
y te dé de lo suyo.**

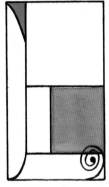 a hija del rabino Eleazar se iba a casar. Su padre había juntado con grandes sacrificios el poco dinero que precisaba para el ajuar y se dirigía a la ciudad para comprarlo.

Por el camino encontró dos viejos conocidos:

–¿Dónde vais? –preguntó.

–Vamos pidiendo a la gente caritativa para los regalos de boda de una pobre huérfana –le contestaron.

–Tomad –dijo Eleazar, y les entregó todo su dinero–. Mi hija tiene aún a sus padres y no necesita tanto el ajuar. Me quedaré sólo con estas pocas monedas para poder hacer el camino de vuelta.

Y Eleazar, contento con su buena acción aunque con ella dejase en la ruina a su propia hija, emprendió el regreso.

155

Cerca ya del pueblo le detuvo un anciano que llevaba una cesta con granos de trigo.

–Ayúdeme, buen señor –le pidió el viejo–. Llevo todo el día intentando vender este trigo. Ya no tengo más fuerzas. Cómpreme el trigo, por caridad.

Eleazar no se paró ni a pensarlo. Entregó al anciano las monedas que se había guardado y cogió la cesta.

Al llegar al pueblo dejó la cesta en su granero y fue a la casa de Estudios.

–Me parece que vi llegar a tu padre –dijo la mujer de Eleazar a su hija–. ¿No sabes dónde guardó los regalos?

–Creo que en el granero –contestó la hija.

Abrieron la puerta del granero y lo encontraron rebosante de trigo.

# De la mano celestial

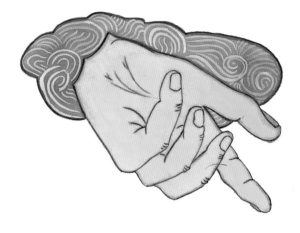

*No te envanezcas si te honran
por tu riqueza y poder,
pues tal honra, al desaparecer éstos,
se esfuma;
mas la procedente de la sabiduría,
el temor de Dios o la cordura
es lo que ofrece garantía.*

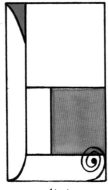 os rabinos, a pesar de su bondad y de su sabiduría, vivían muchas veces en gran pobreza, tanta que hasta pudiera darse el caso que se viesen obligados a recurrir al cielo para aliviar sus penurias.

Éste fue el caso del rabino Janina, que, tras haber pasado varios días sin comer, tuvo que ceder ante los ruegos de su mujer y pedir al cielo que le adelantase algo de los bienes que le reservaba para la otra vida.

Nada más hecha la petición, descenció del cielo una mano y depositó junto a Janina una pata de mesa de oro macizo.

Felices, aunque algo asustados por la rápida respuesta, el rabino y su mujer se fueron a dormir. Y la mujer de Janina tuvo un sueño extraño: ella y su marido estaban en el cielo. Los

que les rodeaban se hallaban sentados en me-
sas de oro con tres patas cada una y que se sos-
tenían sin ningún problema. Pero su mesa, la de
los Janina, sólo tenía dos patas y se caía si no la
sujetaban.

La pobre mujer pasó muchísima vergüenza, y
cuando despertó, contó su sueño al rabino y le
rogó que suplicase al cielo que se llevase de
nuevo la pata.

Y una vez más la plegaria de Janina fue es-
cuchada al instante: la mano descendió y se
llevó la pata.

P<small>EJ</small>, decimoséptima letra del alfabeto hebreo.
La ilustración está basada
en la palabra *mariposa*,
que en hebreo es

# De la vecina curiosa y los panes

*¿Cuáles son los deberes con el vecino,*
*a juicio de los sabios?*
*Ejercitar con él la caridad*
*y evitarle daño.*

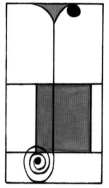

anina era un rabino tan pobre que, en una ocasión, hasta tuvo que pedir un adelanto al cielo. Pero, como aquello no funcionó, siguió pasando penalidades. Y quien sufría más era su mujer, porque además se esforzaba en ocultar ante el vecindario la penuria en que vivían.

Esto no era fácil. Por ejemplo, los viernes había que preparar el pan para el sábado. Entonces, la mujer de Janina echaba al horno hojas secas y salía humo por la chimenea. De esta forma quien mirase su casa creería que allí se estaba haciendo pan.

Pero había en el pueblo una vecina muy curiosa dispuesta a averiguar la verdad. Lo hacía de muy mala fe, y pretendía burlarse y contar a todo el mundo que en casa del rabino no tenían ni pan para celebrar el sábado.

Un viernes, al ver el humo salir por la chimenea, esta vecina llamó a la puerta:

–Déjame entrar. Vengo a ayudarte a hacer el pan.

La mujer de Janina tembló de miedo y fue corriendo a esconderse en un rincón de la casa. Mas la curiosa vecina no esperó la respuesta y entró. Fue directa a la cocina y abrió el horno.

De pronto toda la casa olió a pan. El horno, hacía un momento vacío, estaba lleno de panes y de tortas.

–¡Rápido, trae la pala de hornear, que se van a quemar los panes! –gritó la vecina.

La mujer de Janina dio gracias al cielo por el milagro y salió de su escondite.

## DE DÓNDE VENÍA EL DOLOR DE MUELAS DEL RABINO YEHUDA HANASI

*No niegues un beneficio
al que lo necesita
siempre que en tu poder esté
el hacérselo.*

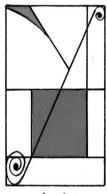ehuda Hanasi era un sabio rabino que paseaba por la plaza el día del mercado. En el puesto de carne el matarife tenía ya preparado su cuchillo para sacrificar un ternerito, cuando éste se escapó y fue a esconderse detrás del rabino.

El pobre animal confiaba en la bondad del anciano y buscó en él su refugio. Inútilmente. Yehuda Hanasi no reparó en su angustia. Con gesto brusco y mirada ausente atrapó al ternerito y lo entregó al matarife, diciendo:

–Mátalo, que para eso fue creado.

Y en ese mismo instante el rabino sintió un fuerte dolor de muelas.

Durante seis largos años tuvo que sufrir Yehuda Hanasi el terrible castigo. Y puede que hubiera tenido que soportarlo más tiempo, si no

166

fuese porque se presentó una ocasión propicia que le permitió lavar su delito.

Un día la criada que tenía en casa atrapó un topo y se disponía a matarlo con la escoba cuando entró el rabino y la detuvo diciendo:

–Suéltalo. El rey David nos enseñó que la compasión de Dios se debe a todas las criaturas.

Y en el instante de decir estas palabras Yehuda Hanasi se vio libre del dolor de muelas.

Tzade, decimoctava letra del alfabeto hebreo.
La ilustración está basada
en la palabra *cigarra,*
que en hebreo es

# De lo que le ocurrió a un judío en Atenas

*No te asocies con un truhán cuya compañía puede servirte de deshonra.*

o es fácil encontrar posada en Atenas, como lo demuestra lo que le ocurrió a un viajero judío.

Este hombre llegó por la mañana a la ciudad griega, y al anochecer aún estaba buscando lugar para dormir. Las posadas estaban llenas y no quedaban camas libres. Por fin, el judío encontró una, pero iba a tener que compartir la habitación con tres viajeros más.

Eran viejos compañeros y no les agradaba la idea de tener que pasar la noche con un extraño. Por eso pensaron cómo podrían deshacerse del judío.

–No sé si sabrá –le dijo uno de ellos– que aquí en Grecia hay unas costumbres muy curiosas.

–Sí, ¿cuáles? –preguntó el judío.

171

–Antes de acostarse es preciso dar tres saltos hacia atrás.

Le dijeron esto porque, como la habitación era pequeña, el tercer salto conducía inevitablemente al pasillo. El plan de los viajeros era cerrar la puerta cuando el judío estuviese fuera y no volver a dejarle entrar.

–De acuerdo. Saltaremos. Mas como yo no lo he hecho nunca, es mejor que empecéis vosotros. Así aprendo cómo se hace.

El primer viajero dio tres saltos y se encontró en el pasillo, lo mismo pasó con el segundo, y, cuando los tres estuvieron fuera, el judío cerró la puerta. Tenía toda la habitación para él.

# DE LOS SUEÑOS PRODIGIOSOS

*Si haces el camino con un compañero,*
*ámalo como a ti mismo*
*y no hagas intención de engañarlo,*
*no vayas a ser tú el engañado.*

os burgueses y un aldeano coincidieron en un viaje y decidieron compartir sus provisiones. Todo iba bien mientras éstas duraron, pero finalmente sólo les quedaba un poco de harina, suficiente para amasar un pan pequeño.

Entonces, los burgueses se dijeron:

—Nos queda muy poca comida y nuestro compañero come mucho. Tendremos que pensar un plan para quitarle su parte.

Y se les ocurrió que una buena treta sería echarse a dormir mientras se cocía el pan. Al despertar cada uno contaría su sueño y aquel cuyo sueño hubiera sido más prodigioso se comería el pan. El aldeano, hombre simple, no podría competir con su inventiva.

El campesino estuvo de acuerdo con la propuesta. Amasaron el pan, lo pusieron a cocer y se echaron a dormir. Cuando los dos burgueses empezaron a roncar, el aldeano se levantó, se comió el pan y se echó.

Poco tiempo después uno de los burgueses despertó y, fingiendo gran sobresalto, llamó a su compañero:

—He tenido un sueño extraordinario. Dos ángeles bajaban del cielo y me subían con ellos ante Dios.

—¡Qué coincidencia! —le contestó el otro—. Tuve un sueño muy parecido: dos ángeles bajaban del cielo y me llevaban al infierno.

—Vamos a despertar a nuestro aldeano, a ver si su sueño ha sido más prodigioso que los nuestros.

—¿Sois vosotros? —preguntó el aldeano, quien al verlos puso cara de estar muy asustado—. Sin embargo, ¡no puede ser que hayáis vuelto!

—Pero si no nos hemos movido de aquí —le contestaron.

—¿Cómo? Si hace un rato vi cómo dos ángeles bajaban del cielo y se llevaban a uno de vosotros ante Dios, y luego otros dos ángeles se llevaban al otro al infierno. Y como creía ya que no ibais a regresar, me levanté y me comí el pan.

K<small>OF</small>, decimonovena letra del alfabeto hebreo.
La ilustración está basada
en la palabra *alcachofa*,
que en hebreo es

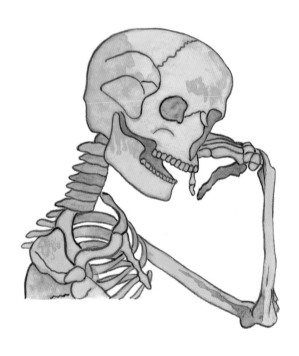

*El que honra a su padre*
*se regocijará en sus hijos*
*y será escuchado en el día*
*de su oración.*

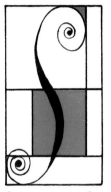ucedió que un viejo comerciante sintió la muerte cerca. Entonces mandó llamar a sus diez hijos y les dijo:

–Hijos míos, no tardaré en morir. Por eso he dividido mi fortuna es diez partes iguales, una para cada uno de vosotros. Pero mi hermoso palacio quiero que pase a aquel de vosotros que demuestre ser mi hijo más digno.

Y dicho esto el anciano falleció. Sus hijos se disputaron el palacio; cada uno de ellos se consideraba más digno que sus hermanos. Y como no llegaban a ningún acuerdo acudieron al juez para que pusiese paz entre ellos.

El juez, tras oír su caso y meditar largo rato, dijo:

–La única forma de saber a quién vuestro padre considera su hijo más digno es preguntárselo a él. Tendréis que ir a su tumba y golpearla con los bastones hasta que vuestro padre hable y designe al elegido.

Los hermanos salieron corriendo de la sala blandiendo sus bastones, impacientes por cumplir la sentencia. Sólo uno se quedó rezagado y se dirigió cabizbajo hacia su casa. El juez, que salió detrás de los litigantes, le siguió y le detuvo:

—¿Por qué no vas con tus hermanos?

—Prefiero quedarme sin el palacio antes que perturbar la paz de mi padre en su tumba.

—Tú eres el hijo más digno —exclamó el juez— y tuyo será el palacio de tu padre.

## DEL CONSEJO QUE UN ASNO
## LE DIO A UN BUEY

*No te fíes de consejeros;*
*mira antes qué necesitan,*
*no te aconsejen en provecho suyo.*

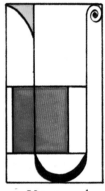n buey y un asno vivían juntos en un mismo establo. El buey trabajaba muy duro: era tiempo de la cosecha y tenía que arrastrar carro tras carro llenos de trigo.

Un anochecer el buey llegó al establo más cansado que nunca y dijo:

–¡Amigo asno! ¡Daría cualquier cosa por poder descansar unos días, aunque sea uno solo!

–Nada más fácil –contestó el asno–. Finge que estás enfermo y te quedarás en el establo.

–¡Qué idea tan buena! Pero ¿cómo?

El asno, que era muy goloso, pensó aprovecharse de la fatiga de su compañero y quedarse con su ración de heno.

–Es muy sencillo –observó–. Mañana, cuando nos echen la comida, deja tu parte sin tocar. Así te creerán enfermo y no tendrás que trabajar.

El buey siguió el consejo de su amigo. El amo, al ver que no comía, lo creyó enfermo, pero como necesitaba animal de carga se llevó el asno a trabajar.

Y esta vez fue el asno quien regresó, al anochecer, agotado al establo. El buey lo recibió alegre, descansado, aunque hambriento. El asno, que no quería tener que sufrir al amanecer otra jornada igual, le dijo:

—Amigo buey, tengo malas noticias para ti. He oído al amo decir que de nada le sirve un animal viejo y enfermo como tú. Pienso que te quieren sacrificar.

—¡Oh, no! —exclamó el buey asustado.

Y para demostrar que ya estaba sano se comió doble ración de comida: la suya y la del asno.

El amo, al verlo, se lo llevó a trabajar al amanecer, y el asno se quedó en el establo, magullado y hambriento.

«De buena me he librado», pensaron cada uno por su lado.

R<small>ESH</small>, vigésima letra del alfabeto hebreo.
La ilustración está basada
en la palabra *cepa,* que
en hebreo es

# DE LA SERPIENTE DE ORO

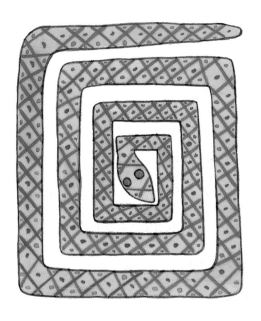

*La mayor calamidad no es la pobreza,*
*sino la avaricia,*
*que no suelta a sus secuaces*
*hasta que ocasiona su ruina.*

 rase una vez un campesino pobre, quien, mientras labraba sus tierras, encontró un saco lleno de monedas de oro. En el mismo saco había, además, una serpiente del mismo metal, con ojos de amatista.

El campesino llevó el tesoro a su casa sin saber qué hacer, ya que no quería quedarse con algo que no era suyo. Y sucedió que al día siguiente oyó a un pregonero anunciar que se había perdido un tesoro y que quien lo devolviese recibiría como recompensa cien monedas de oro.

El hombre se alegró mucho y llevó el tesoro al rico que decía ser su dueño, pero éste no quiso cumplir su promesa de pagar. Abrió el saco y exclamó:

—¡Ladrón! ¿Cómo te atreves a reclamar las

cien monedas si te has quedado con la serpiente de oro? Aquí había dos serpientes y sólo queda una.

Vinieron los guardias y condujeron al campesino ante el rey. Y un sabio rabino, al oírle asegurar que era inocente, se presentó para defenderlo.

–¿Tienes lo que reclama ese hombre? –preguntó el rabino.

–No, lo he devuelto todo –contestó el acusado.

–Entonces creo que conseguiré demostrar tu inocencia –dijo el rabino.

El rabino, el rico y el aldeano se reunieron delante del rey, y el rabino habló:

–Nadie duda de la honradez de este hombre rico que reclama su saco con dos serpientes. Pero también hemos de pensar que si este campesino no fuese honrado, bien se podría haber quedado con el tesoro entero. Por eso, si ambos dicen la verdad, majestad, debes recompensar al pobre con las cien monedas que le habían sido prometidas, cogiéndolas de este tesoro que él encontró y devolvió. El resto del tesoro debes guardarlo hasta que aparezca su dueño y lo reclame. En cuanto al rico que dice haber perdido un tesoro con dos serpientes, tendrá que mandar un pregonero que anuncie su pérdida. Tal vez con suerte también pueda recuperarlo. Porque está claro que el tesoro que encontró el aldeano no es suyo.

A todos les pareció muy bien el juicio del sabio rabino, y el rico, viendo cómo a causa de su codicia se iba a quedar sin nada, confesó la verdad.

## DE LAS TRES ENSEÑANZAS
## DE UN PAJARILLO GOLOSO

*Lo que está sobre ti no lo busques,
y lo que está sobre tus fuerzas
no lo procures.*

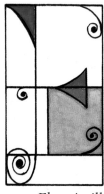rase un pajarillo muy goloso a quien le gustaba mucho la fruta. Volando de aquí para allá descubrió un día una huerta donde crecían estupendas cerezas, albaricoques y melocotones. El pajarillo se dispuso a saciarse de fruta bien a gusto, cuando fue descubierto por el labrador, dueño de los árboles. Éste, harto de las pérdidas que tenía que soportar por culpa de los animales silvestres, preparó una trampa y cazó al pajarillo. Sin embargo, al ir a matarle el ave le habló:

—No me mates, por favor. Poco provecho sacarás de mí muerto. Soy muy pequeño y mi carne es dura. Déjame vivir. Te prometo que nunca volveré a tu huerta, y por tu generosidad te daré tres sabios consejos.

El labrador se quedó pensativo. Por fin le

venció la curiosidad y dejó en libertad al pájaro.

–De acuerdo. ¿A ver qué tres consejos me puede dar un pequeñín como tú? –dijo.

–Éstos son –contestó el pajarillo–. El primero es: no lamentes lo que has perdido. El segundo: no persigas lo que no puedes alcanzar. Y el tercero: no creas lo que no puede ser.

Y el pajarillo se alejó volando, se posó en una rama alta y desde allí habló de nuevo:

–¡Qué tonto eres! Si me hubieras matado habrías encontrado en mi vientre una perla fabulosa. Mayor que un huevo de pata. Con lo que vale serías rico y podrías vivir a cuerpo de rey el resto de tus días.

El hombre se enfureció y corrió tras el pajarillo. Pero éste volaba cada vez más alto y no se dejaba atrapar.

Por fin el ave se sentó en la copa del árbol más alto de la huerta y desde allí gritó:

–¡Estúpido! ¡Muy pronto has olvidado mis consejos!

–¿Para qué me sirven tus consejos, pájaro embustero? Lo que quiero es tu perla.

–¿No te he dicho que no lamentes lo que has extraviado? Me has perdido al dejarme libre y no debes lamentarlo. Además, te he dicho que no persigas lo que no puedes alcanzar, y no me puedes coger sin saber volar. Y, por fin, no hay que creer en algo que no puede ser. Entonces, ¿por qué crees que en un cuerpo tan pequeño como el mío cabe una perla mayor que un huevo de pata?

SHIN, vigésima primera letra
del alfabeto hebreo.
La ilustración está basada
en la palabra *firmamento,*
que en hebreo es

# DEL CONSEJO DE UNA MUJER PIADOSA

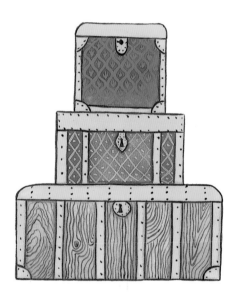

*El que ama el oro no vivirá en justicia,
y el que se va tras el dinero
perecerá por conseguirlo.*

icen que un comerciante judío iba de España a Arabia y, como tenía miedo de ser asaltado en el desierto, pensó depositar su dinero en un lugar seguro en Alejandría.

Preguntó por un hombre de confianza que le pudiera guardar su oro y le indicaron la casa de un viejo prestamista. Éste aceptó encantado el encargo y el comerciante prosiguió su viaje.

A los pocos meses estaba de nuevo en Egipto y quiso recuperar su dinero. Pero sucedió que el prestamista, hombre muy codicioso, negó que lo tuviera y hasta aseguró que nunca antes había visto al judío.

El comerciante buscó el amparo de la justicia, mas los jueces locales creyeron al egipcio, que gozaba de mucho respeto en la ciudad.

Así pues, el viajero, perdida toda esperanza

de recuperar lo que era suyo, preparaba su triste regreso a España.

Y he aquí que cuando iba por la calle, derrotado y cabizbajo, vio a una mujer que quitaba las piedras del camino.

–¿Qué haces? –le preguntó.

–Estoy quitando estas piedras para que ningún caminante se haga daño. Pero dime, ¿te ha sucedido algo malo?

El comerciante le contó su caso y la mujer manifestó:

–Creo que dices la verdad y trataré de ayudarte.

–¿Cómo podrás hacerlo si ni siquiera los jueces me hicieron justicia?

–Tú no te preocupes y haz lo que te diga. En primer lugar, debes buscar algún hombre de tu tierra que sea de confianza.

–Otro comerciante judío que viene de España se aloja en mi misma posada.

–Muy bien, mándalo buscar. Y también tienes que comprar diez cofres, pintarlos de oro, llenarlos de guijarros y cerrarlos con candados de plata. Tu amigo y yo alquilaremos a diez porteadores para que carguen los cofres y nos acompañen a casa del prestamista. Cuando estemos dentro deberás entrar tú.

Y así se hizo. La mujer, el amigo y diez porteadores entraron en casa del prestamista.

–Señor –dijo la egipcia–, vengo con un rico comerciante de España que ha de atravesar el desierto y no se atreve a llevar toda la fortuna que tiene en estos diez cofres por temor a los salteadores. Por eso me ha pedido que buscara alguien de confianza que le guardase sus riquezas y he pensado en usted, ya que su honradez es bien conocida por todos los vecinos de esta ciudad y otros comerciantes extranjeros.

Y mientras hablaba, entró el comerciante engañado y se acercó para que todos le viesen. El prestamista palideció: los dos hombres eran paisanos, y si uno le acusaba de haberse quedado con su dinero, el otro jamás le confiaría su fabuloso tesoro. Por ello se acercó rápido al comerciante engañado, lo abrazó y exclamó fingiendo gran alegría:

—¡Amigo! Temía que le hubiera pasado algo, ya que tardaba tanto en volver a reclamar su dinero. En seguida mis criados le traerán su oro.

De esta forma el comerciante recuperó su dinero y el prestamista se quedó custodiando diez cofres de piedras.

## DE POR QUÉ SE PERSIGUEN EL PERRO Y EL GATO

*Guárdate una vez de los enemigos*
*y mil veces de los amigos,*
*porque quizá, alguna vez,*
*un amigo se hará enemigo*
*y podría más fácilmente buscar*
*tu propio daño.*

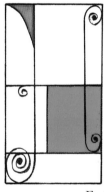ace mucho tiempo, cuando el mundo aún era joven, el perro y el gato eran grandes amigos. Vivían juntos y compartían el alimento que cazaban. Pero poco a poco la comida empezó a escasear. Entonces el gato, que era muy astuto, dijo:

–Amigo perro, aquí no hay bastante caza para los dos. Sería mejor que nos separáramos. Yo he pensado en ir a vivir con el hombre. Tú, quédate con los animales.

–Muy bien, gato –accedió el perro–. Es una pena que no podamos seguir juntos. Espero que tengas suerte.

–Sí, sí, no te preocupes por mí –comentó el gato–. Pero debes prometerme una cosa: nunca, bajo ningún concepto, te acercarás a la casa del hombre.

199

–Te lo prometo.

El gato partió. Tras mucho caminar llegó a donde vivía el hombre y le pidió cobijo. El hombre, al verlo cansado y hambriento, se compadeció de él y le dejó que compartiera su casa. Por aquel entonces la morada del hombre estaba infestada de ratones y el gato pronto tuvo la oportunidad de demostrar su habilidad para cazarlos. El hombre llegó a apreciarle mucho y hasta hizo un agujero en la puerta para que su nuevo compañero entrase y saliese cuando quisiera.

Y mientras así le iban las cosas al gato, el perro recorría el bosque buscando un nuevo compañero. Primero se dirigió al lobo. De todos los animales era el que más se le parecía. Éste accedió a que el perro compartiera su guarida. Pero ya la primera noche...

Unos ruidos despertaron al perro. Salió fuera con sigilo y vio el brillo de los ojos de las bestias que se preparaban para atacar la lobera. Regresó junto al lobo y le despertó:

–¡Levántate! Nos están rodeando y nos quieren atacar.

–¡Déjame dormir, maleducado! –gruñó el lobo, se dio la vuelta y siguió durmiendo.

El perro tuvo que enfrentarse solo con los agresores.

No salió muy bien parado, y al amanecer, lleno de magulladuras y de heridas, partió en busca de un nuevo compañero.

Un mono, al verlo en tal estado, chilló burlón desde la copa de un árbol:

—Súbete aquí conmigo, compartiremos las nueces y la rama.

Y el perro continuó probando su suerte con otros animales; sin embargo, ninguno resultó buen compañero. Por fin, desesperado y agotado, se dirigió hacia la morada del hombre. Éste, que tenía muy buen corazón, lo recibió, le dio alimento y cobijo.

El perro no se mostró desagradecido. Vigilaba la casa, avisaba cuando se acercaba alguien desconocido, se mostraba siempre dispuesto a luchar en defensa de la persona y de la hacienda de su amo. Los dos estaban contentos de haberse conocido y de vivir juntos, pero había alguien furioso...

Era el gato, que no podía perdonarle al perro que hubiera roto su promesa. Desde entonces el perro y el gato se persiguen sin tregua.

Tᴀᴠ, vigésima segunda y última letra del
alfabeto hebreo. La ilustración
está basada en la
palabra *fin*, que
en hebreo es

## DEL HOMBRE QUE SE APIADÓ DE UNA SERPIENTE

*Si ves que alguno se encuentra
metido en asuntos malos,
no te mezcles,
pues suele pasar que el que suelta
el péndulo
lo ve caer sobre él.*

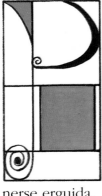or un camino que bordeaba un bosque venía un hombre bueno, que vio cómo unos chiquillos desaprensivos torturaban una serpiente. La ataron a un palo y la obligaban a mantenerse erguida.

El caminante reprendió a los muchachos, que huyeron con la cabeza gacha, y desató a la serpiente. Luego la acarició para que entrase en calor y se repusiese.

La serpiente, una vez que hubo recuperado sus fuerzas, se enrolló alrededor del cuello de su salvador.

–¿Qué haces? –exclamó el hombre–. ¡No pretenderás ahogar a quien le debes la vida!

–¿Y por qué no? –preguntó la serpiente–. En mi naturaleza está el pagar el bien con el mal.

El hombre protestaba, y la serpiente aducía

sus razones. Puesto que no se ponían de acuerdo, buscaron un árbitro de su disputa. La zorra accedió a juzgar su caso.

–Está bien –dijo–. Pero para dictar sentencia debo ver con mis propios ojos cómo ocurrió todo. Vamos, ata a la serpiente –ordenó al hombre.

Y, cuando la serpiente estuvo de nuevo inmovilizada, la zorra sentenció:

–Ahora las cosas están como antes. Tú –y se dirigió a la serpiente–, trata de liberarte sola. Y tú, hombre insensato, aprende a no malgastar tu tiempo desatando serpientes.

# DEL JUICIO DE LA RAPOSA

*El que deja lo presente por lo futuro,*
*suele perder lo uno y lo otro.*

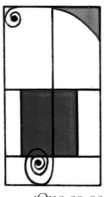

enía un labrador dos bueyes, y sucedió un día que éstos no acertaban a hacer ni un surco recto con el arado. El campesino, harto de la torpeza de los animales, dijo:

–¡Que se os coman los lobos!

Un lobo que pasaba cerca lo oyó y se alegró mucho de que el deseo del labrador coincidiese con el suyo. Esperó el anochecer y, cuando el campesino se dirigía a su casa, le detuvo recordando su deseo, que consideraba una promesa.

–No hice ninguna promesa –protestó el hombre–. Sólo expresé un deseo, mas no lo avalé con el juramento. No tienes derecho a reclamar mis bueyes.

Pero el lobo insistía en darse el banquete y al fin no tuvieron más remedio que buscar un juez para su caso.

Se encontraron con la zorra, que, al conocer lo que ocurría, se ofreció para hacerles justicia.

–Haremos una cosa –propuso la zorra–. Hablaré en privado con cada uno de vosotros a ver si podemos llegar a un acuerdo. Si no fuese así, trataremos el asunto en común.

El lobo y el hombre se mostraron conformes. Entonces, la zorra se apartó para discutir el caso con el labrador y le ofreció:

–Te salvaré tus bueyes a cambio de dos gallinas.

–Trato hecho –dijo el labrador, contento con la propuesta.

Seguidamente, la zorra se fue a hablar con el lobo:

–He conseguido que el labrador me prometiese un queso enorme para ti si dejas en paz sus bueyes.

El lobo, a quien le gustaba muchísimo el queso, accedió.

–Vamos –le ordenó la zorra–. Te llevaré al lugar donde el aldeano guarda sus quesos.

Y, mientras el campesino se alejaba a toda prisa con sus bueyes hacia su casa, la zorra condujo al lobo hasta un profundo pozo.

Era ya de noche, y la luna, grande y amarillenta, se reflejaba en el agua.

–¿Ves el queso? –preguntó la zorra, mostrándole la luna–. Móntate en este cubo y lo podrás coger.

Pero el lobo se asustó y dijo:

–¿Por qué no bajas tu primero?

–Está bien –contestó la raposa, y se montó en el cubo.

Cuando hubo bajado, llamó:

–Pesa mucho y no puedo sacarlo sola. Bájate en el otro cubo y me ayudarás.

Cuando el lobo se montó en el otro cubo, el de la zorra, que pesaba mucho menos, subió y ella saltó al suelo. El lobo, en cambio, se hundió en la profundidad del pozo, donde en vano trató de alcanzar el huidizo queso celestial.

# ÍNDICE

# TRÉBOL ORO

## Títulos de la colección: